Tonino Benacquista

La machine à broyer les petites filles

nouvelles

Collection dirigée par
François Guérif

Rivages/noir

106, bd Saint-Germain – 75006 Paris

ISBN : 978-2-86930-706-3

Pour Isabelle

Le jardin des mauvais garçons

Il était sept heures du matin quand j'ai rencontré ce revolver. Une rencontre, c'est le mot. J'ai eu l'impression de faire la connaissance de quelqu'un. Je me suis décidé à le prendre dans ma main, pour voir si j'en étais capable, pour savoir ce qu'on éprouvait à ce moment-là. Ça a commencé dans la paume, comme un frisson qui a très vite gagné l'avant-bras. J'ai serré le poing le plus fort possible. Je n'ai pas pu m'empêcher de jouer, le sortant dix fois d'un holster imaginaire. Ensuite j'ai visé, bras tendu, sans chercher à presser la détente. Peur de l'engin, sans doute, et du bruit qu'il pouvait faire.

José, mon ami d'enfance, me suppliait depuis plusieurs mois de remettre la main sur cette photo de classe où on souriait, il y a trente ans, au premier plan, près du maître assis sur le banc du réfectoire. J'ai fouillé dans la cave de ma grand-mère, celle qui conservait tout, celle que toute la famille appelait *la Malou.* Dans tout le bric-à-brac, je n'ai pas réussi à retrouver mon cartable et mes cahiers d'enfance.

Une nappe jaunie a attiré mon regard, nouée en ses quatre coins comme un baluchon prêt à parcourir le pays. C'était bien la première fois que je voyais le paquetage, quand en fait il avait toujours été là, sous nos yeux, mais les enfants ne voient guère que ce qu'ils cherchent vraiment. Et quel mystère pouvait bien receler cette nappe, quand on part à la recherche du cheval de bois à la jambe cassée, ou des boîtes Lefebvre Utile remplies de photos et de quelques dragées oubliées ? Les nœuds jadis bien serrés ont cédé tout de suite. Le regard de la Malou m'est revenu en mémoire quand, enfin adulte, j'ai découvert ce qu'elle nous avait toujours caché, au fond de cette nappe.

- un Mauser ;
- un calibre. 34 de l'armée italienne ;
- un Lüger, chargé ;
- un fusil à canon scié (avec son chargeur, caché dans un missel creusé à cet effet) ;
- une carabine U.S.M.1 ;
- un fusil-mitrailleur, avec « Eugénie » gravé dans la crosse ;
- un revolver Colt, chargé.

Et l'inventaire de l'arsenal griffonné sur la couverture d'un carnet vierge, que j'ai lu dix fois, à haute voix, rien que pour entendre des noms qui sifflaient merveilleusement à mes oreilles. Il suffit de prononcer le mot « Colt » et l'on a changé de bord. On fait partie de ceux qui marchent sur l'autre trottoir.

En caressant le Mauser, je me suis demandé si la détente sur laquelle je pressais l'index n'avait pas connu d'autres index plus meurtriers qui, eux, avaient su donner la mort. Si ce canon avait été pointé sur un inconnu qui allait tomber, si ce viseur avait eu dans sa ligne de mire une tête, un cœur, un bout de treillis.

Personne, pas même mon défunt père, ne

connaissait l'origine de ces armes. À moins que la honte ne lui ait noué la gorge pendant tant d'années. Il nous parlait de la Malou avec ce respect insidieux qui cherche à tout prix à créer la distance. Peut-être que lui aussi, étant gosse, avait défait le nœud de la nappe. Qui saura jamais ?

Je regarde ma montre, il est presque dix heures du soir. Et j'ai bien le sentiment que mon histoire à moi, la vraie histoire de ma vie, a commencé ce matin à sept heures. Au moment même où j'ai caressé le Colt et fait tournoyer le barillet.

Aujourd'hui je ne suis pas allé travailler.

Je me suis offert une journée de décalage. Chose que j'ai toujours rêvé de faire. Dévier de ma trajectoire habituelle, me promener dans les rues comme l'aurait fait un autre, dériver là où je ne vais jamais. Jouer. Passager clandestin de ma propre vie. Il est bien évident que ce Colt m'en donnait l'occasion. Errer dans les rues avec un revolver en état de marche, pendant une journée entière, c'était saisir la chance d'être un autre. Je l'ai senti par ces fourmillements au creux de la main quand je faisais semblant de tirer. Immédiatement, dès le tout premier contact, des idées me sont venues à l'esprit, des choses auxquelles je n'avais jamais pensé. Jamais.

– Où viser pour tuer à coup sûr ? Pour immobiliser ? Pour faire souffrir un bon moment avant de donner le coup de grâce ?

– Comment réagir quand la police vous traque ? Faut-il compter les balles que l'on tire ?

– Cacher l'arme dans la poche du manteau ? Celle de la veste ? La coincer dans la ceinture, pour des questions de discrétion et de rapidité ?

Je me suis senti assassin, puis victime, puis flic,

puis gangster. Je me suis fait mon cinéma, en jouant tous les rôles. J'ai même imaginé celui de la Malou, pauvre femme usée par l'Occupation, fouillant l'uniforme vert-de-gris d'un soldat mort sous un pommier, et rangeant l'attirail dans une nappe familiale, comme pour exorciser tout ce métal maléfique.

J'ai choisi le Colt. Je me suis juré de ne pas le sortir de ma poche, quoi qu'il arrive durant cette journée.

En me glissant sous cette pluie fine qui annonçait le soleil de l'après-midi, j'ai tout de suite compris que je ne m'étais pas trompé.

La griserie, dès les premiers pas.

Prendre la troisième rue à gauche, celle que je n'emprunte jamais, car elle ne conduit plus à grand-chose depuis bien longtemps. Grisé, j'étais. Comme une toute petite pointe d'ivresse rien qu'à marcher dans la rue. Marcher dans la rue, rien que ça. D'ailleurs j'ai bien senti que je ne marchais pas comme d'habitude, je me tenais étrangement droit, la tête dégagée, en veillant à ce que rien ne paraisse, ni la bosse de mon poing crispé sur le revolver ni l'étrange sentiment d'impunité qui pouvait à tout instant trahir mon regard.

J'avais presque oublié le nom de la rue : rue de l'Arbre-Sec, mais j'avais encore en mémoire la petite buvette tenue par une dame dont on bravait la mauvaise humeur, José et moi, rien que pour lui voler des boules de coco qu'elle vendait dans son coin épicerie. Je la croyais morte depuis longtemps déjà, mais c'est bien elle qui m'a servi ce café, vers les huit heures et demie. À une table j'ai vu deux vieux, le vitrier retraité et le marchand de couleurs. À croire que les gens qu'on a toujours connus vieux ne meurent jamais.

La taulière, le sourire en coin, m'a traité de petit voleur de bonbons, m'a demandé des nouvelles de l'autre petit voleur de bonbons, s'est excusée de ne pas être allée à l'enterrement de la Malou. À ce nom, le vitrier s'est levé pour pousser comme un mauvais ricanement. Son chien de berger s'est dressé, agressif, grognant, fidèle à la pulsion de haine de son maître. Qui n'a pas cherché à le calmer ; au contraire, il l'a plutôt encouragé avec de petits gestes vifs du bras. Qu'est-ce que la Malou avait bien pu faire pour lui inspirer ce souvenir aigre, des années après sa mort ? Je n'ai pas eu le temps de demander, le chien ne se calmait pas, il a aboyé, prêt à me mordre, le vieux a grogné dans ma direction, lui aussi. C'est là que j'ai pris peur, j'ai crispé le poing encore plus fort, j'ai commencé à dégager l'arme, le doigt sur la détente.

Et j'ai vu, en rêve, le chien au crâne explosé par une balle tirée à bout portant. Parce qu'il faut tuer les chiens qui mordent à cause des maîtres fous, il faut les tuer, malgré leur innocence, malgré leur amour, il faut les tuer, les exterminer, malgré qu'on ait fait d'eux des monstres.

Le chien a senti quelque chose, ils sont plus forts que les humains pour ça. Il s'est même aplati à terre, devant moi, en gémissant, comme pour implorer un pardon. Il savait.

La rue de l'Arbre-Sec conduit à un terrain vague, que j'ai traversé comme une jungle, sautant au hasard entre les tapis de ronces et les ornières boueuses. J'y jouais naguère, avec José et le reste de la bande. C'était le Jardin des mauvais garçons. Au fil des années la triste réputation de ce cloaque ne s'est pas démentie. On y a retrouvé les toutes premières seringues de l'histoire de la contrée. Quelques loubards y ont été arrêtés après divers casses. Jusqu'à l'affaire de viol qui a traumatisé la ville entière, cette fille retrouvée morte il y a maintenant deux ans. L'affaire du « viol dans le Jardin des mauvais garçons », c'est comme ça qu'on l'a appelée dans le journal local. J'ai toujours soigneusement évité de traîner autour de ce terrain vague. La superstition, la frousse, la rumeur, que sais-je encore. Mais ce matin, vers les neuf heures, dans la dernière ombre de la nuit, je l'ai traversé comme un conquérant.

Je me suis très vite retrouvé au cœur de la ville qui vivait déjà fort. J'ai épié, tout autour de moi, les dames, les cabas, les étalages du marché. La cité, le quartier pavillonnaire, la mairie. Étonné de tout, de l'activité de chacun, du sourire matinal de quelques-uns, du soleil qui s'annonçait plus tôt que prévu. En passant devant la bordée de pavillons, je me suis arrêté devant celui de cette ordure d'Étienne, à l'heure où d'habitude il étrenne son premier litron. J'ai jeté un œil par la fenêtre, pour y distinguer sa silhouette malhabile derrière les rideaux. Déjà courbé, déjà malade.

Personne ne m'aurait vu entrer. Ni sortir. Personne ne se serait douté d'une visite. Ni rien. Il aurait suffi de jeter le Colt dans un égout, personne n'aurait pu imaginer qu'il sortait de la nappe de la Malou, *a fortiori* d'une vareuse de soldat américain mort pas loin de son parachute. Personne au boulot n'aurait vu que j'avais une petite heure de retard. Personne n'aurait pleuré sur la peau d'Étienne.

Je me suis demandé si la vie offrait une session de rattrapage. Une seule. Un *erratum* du passé. Un coup de crayon. Une légère rectification de destin. Ce matin, j'ai eu la certitude que oui. J'ai jeté un dernier coup d'œil par la vitre embuée, pour contempler Étienne, toujours courbé, toujours malade. J'ai respiré profondément, comme une bouffée de sérénité retrouvée. Et j'ai passé mon chemin.

J'ai mangé à contretemps et marché à contresens. Enfin seul. Touriste amusé de son propre quotidien. Au loin, j'ai vu mes collègues sortir du bureau pour se jeter sur le plat du jour du café d'en face.

Mon fils m'a toujours inquiété en me parlant de cette baraque à frites à la limite de la ville. Je n'ai pas eu besoin de la chercher beaucoup. C'était donc là qu'il avalait ces saucisses grasses, qu'il cloutait son blouson avec des étoiles de pacotille, et qu'il jouait au petit rebelle pour impressionner sa fiancée. La troupe de gosses se demandait ce qu'un vieux con pouvait bien faire là, à traîner sur son territoire. Mais ils ont tout de suite cessé de s'intéresser à moi quand la 504 break a pilé net devant eux, renversant une des mobylettes à leurs pieds. Des adultes en sont sortis, des vrais, des aguerris. Avec des cravates élimées et des manteaux amples, des gants en peau. De quoi bluffer une paire de baskets et un Levi's mal vieilli. En temps normal je serais parti, pour ne pas assister à leur petit théâtre d'esbroufe, car après tout, personne n'oblige personne à se nourrir de frites huileuses ni à serrer des mains arrogantes. Mais, cette fois.

Les gosses ont eu peur, sans oser bouger, l'un d'eux s'est excusé en pleurnichant comme le chien du vitrier, un autre a sorti du fric pour rembourser on ne sait quoi, un troisième a vu sa mob projetée au beau milieu de l'autoroute. Je n'ai pas pensé une seconde à mon môme, le mien, celui qui aurait pu se trouver là. Un des quatre méchants m'a dévisagé et m'a conseillé de passer mon chemin. C'est d'ailleurs celui-là que j'ai giflé en premier. Une superbe gifle. Un bel aller-retour comme on voit dans les films, et de la main gauche, car la droite, trempée de sueur, ne lâchait toujours pas le métal chaud. Après une seconde de consternation, j'en ai giflé un second, en souriant. J'aurais tant aimé qu'ils réagissent, qu'ils s'énervent. Leur trouille m'a agacé de plus en plus, j'ai hurlé, donné des coups de pied, des coups de poing, je me suis déchaîné pour qu'ils sortent de cette insupportable hébétude. Je n'ai entendu que le claquement des portières et le cri rauque du moteur. Les gosses m'ont pris pour un héros. Mon fils aurait pu être là, parmi eux, et m'admirer aussi. Quand en fait jamais pire lâche n'avait traîné ses guêtres dans le coin.

Le reste de la journée a été riche en événements. J'ai vécu toute une série de « premières fois ». Le premier bar où j'ai lancé un verre dans les rangées de bouteilles, le premier flic dont j'ai soutenu le regard jusqu'à ce qu'il baisse les yeux, la première descente aux enfers dans la ruelle la plus sinistre du quartier le plus pourri que j'aie pu trouver. Tout a marché mieux que je ne pouvais l'imaginer, j'ai joué de toute la gamme des sentiments inconnus, l'arrogance, le cynisme, le mépris, mais j'ai eu le temps de redresser quelques torts, de lancer un ou deux défis et de m'offrir quelques gestes magnanimes. Il me suffisait d'en avoir envie, d'abuser de mon bon vouloir, de chercher la limite et la voir reculer et reculer sans que je ne puisse jamais l'atteindre. C'est sans doute ce point qui m'a fait le plus mal.

Je ne suis pas rentré chez moi. Vers les huit

heures du soir, je suis retourné dans le Jardin des mauvais garçons où, bien calé dans une petite cabane de gosse, je m'évertue à transcrire sur le papier tout le détail de cette journée folle. Afin qu'il en reste quelque chose. Je ne dois rien oublier, surtout vers le début de la matinée. Le souvenir de ces fourmillements dans la paume de la main, ces frissons. Et puis cette griserie. Ne pas oublier de parler de cette griserie, rien qu'en marchant dans la rue. Et dès les premiers pas. Comment parler de cette ivresse, comment la raconter ? Il faut que je dise aussi que vers le milieu de l'après-midi, je me suis demandé si je n'avais pas de réelles prédispositions à porter un revolver. Ou si j'avais l'étoffe d'un tueur. Il m'a semblé que non. J'ai juste voulu être un autre, et si j'avais pu prévoir que ça marcherait aussi bien, je ne me serais sans doute jamais lancé dans cette expérience. Il faut que je note tout. On ne balade pas un Colt impunément. C'était bon de le sentir fondre dans la main. Comment raconter ça ? Je suis quelqu'un d'ordinaire. J'ai peur de la précarité des choses et des gens. Il faut que je dise que je n'ai pas voulu rentrer chez moi, pour que ça continue encore un peu. J'aimais bien être cet autre. Parce que c'est moi, après tout. Et j'ai essayé de le dire avec des mots ordinaires. Et demain ? Il aurait fallu que je marche dans la rue comme si rien ne s'était passé ? Demain je n'en saurai pas plus sur le mystère de la Malou, et je ne saurai sans doute jamais ce qu'elle a fait au vitrier. Demain Étienne sera toujours vivant, et continuera d'expier dans l'alcool ce qu'il m'a fait. José n'aura toujours pas sa photo. Mon fils écoutera l'histoire du justicier inconnu qui a giflé les méchants. Mes collègues iront se précipiter sur le plat du jour. Et tous ceux que j'ai croisés se souviendront de moi, demain, et peut-être le jour suivant.

Je me suis arrêté d'écrire un instant pour vérifier une dernière fois le barillet. Puis, j'ai essuyé le bout du canon pour éviter au mieux le goût de la rouille dans la bouche.

Le balcon de Roméo

Si mes bras ne me trahissaient pas, je pourrais m'accrocher au montant du lit, et du lit au fauteuil et du fauteuil au balcon, rien que pour voir une dernière fois le ressac de la mer de six heures.

La douleur devient âcre. Comme si la poche de bile s'était percée pour se répandre sur les entrailles. Pourquoi dit-on toujours que les femmes aiment le poison et répugnent à empoigner une arme à feu ? Où a-t-elle bien pu se procurer de l'arsenic, à notre époque ? Je viens de comprendre que si elle m'avait vraiment aimé, elle se serait débrouillée pour trouver une once de cyanure. Au lieu de ça, je vais me traîner encore quelques mètres. Quelques heures. Par la fenêtre, le lion de bronze me renvoie un dernier rayon de soleil, comme pour m'inviter à venir mourir sous son aile.

Dans la chambre qui jouxte la mienne, j'entends ces coups rythmés, obsédants, comme si on fouettait de la pierre depuis des heures. D'abord, j'ai cru qu'un couple s'aimait fort à en faire bringuebaler un sommier trop près du mur. Mais des corps peuvent-ils s'aimer à ce point sans pousser le moindre râle ? J'ai ensuite imaginé qu'on clouait déjà mon cercueil dans un martèlement enthousiaste. Et moi, je suis bien capable de refuser de crever jusqu'à ce que je sache pourquoi ça tape là derrière.

Je vais ramper jusqu'au balcon pour jeter un œil dans la chambre d'à côté, la tripe en vrille, la gorge acide, mais je finirai bien par savoir. Je suis un gars curieux.

C'est bien le moins qu'on puisse demander à un comédien. Un comédien consciencieux, attentif au spectacle des gens, pour tenter de les mimer.

Quand je repense à toutes ces séances où je m'entraînais à mourir devant mon miroir. *Mort par balle :* mains croisées sur l'impact, petit tressautement, légère grimace, genoux à terre. *Mort naturelle :* fixité du regard, corps inerte, expiration discrète, nuque qui lâche et petit affaissement de la joue sur l'oreiller, yeux ouverts. *Empoisonnement :* râles, convulsions, raideur des membres, position recroquevillée, grotesque. Eh oui, c'est triste à dire mais, dans mon jeune temps, j'ai répété la scène de l'empoisonnement. Un metteur en scène qui me donnait ma chance et me promettait Roméo...

Mais c'est *Hamlet* qu'on a monté. *Mort par le fer :* ventre offert, estocade, corps figé qui oscille et se refuse à tomber. Mon Hamlet était résolument oubliable, mais c'est pourtant là que je l'ai rencontrée, elle. Petite Ophélie, timide, menue. Comment se douter que vingt ans plus tard elle me ferait boire le bouillon de onze heures, la chienne...

Ma vue se brouille. Le lion du balcon devient une gargouille de cathédrale. Il hoche la tête vers moi. Les coups redoublent, à côté, comme si on accélérait. Un musicien qui cherche un rythme en cognant sur la table ? Mes semelles râpent le parquet ciré, je gagne quelques longueurs, je m'accroche au pied du fauteuil, mais c'est lui qui vient à moi en crissant. Encore trois mètres et je toucherai la vitre.

Folle de rage, mon Ophélie. En sortant de scène elle m'avait attrapé par les épaules pour me pousser dans le décor.

– Espèce de petit salaud, où est-ce que vous avez vu qu'Ophélie se laissait peloter par Hamlet ?

C'est vrai, j'avais un peu forcé la dose. Pendant les répétitions j'étais resté sage, mais le soir de la première je n'ai pas pu m'empêcher de toucher son sexe par trois fois, je lui ai administré quelques coups de poing dans les côtes, et je l'ai même empoignée par les hanches pour simuler une copulation sauvage. Je me disais qu'Hamlet était un vrai dingue, un hystérique qui cherche à déstabiliser son entourage, ce qui justifiait bon nombre de débordements physiques. D'ailleurs j'étais loin d'être le premier à l'avoir interprété comme ça : le coup de la main sur le pubis, je le tenait de Derek Jacobi lui-même, de la Royal Shakespeare Company, le meilleur Hamlet de tous les temps. Son Ophélie à lui n'avait pas fait tant d'histoires.

La mienne ne s'est vengée qu'un an plus tard, quelques jours après notre mariage, en plein pendant la lune de miel.

– Les lunes de miel, on les fait à Venise, d'habitude.

– C'est pas avec nos cachetons qu'on peut se permettre Venise, ma belle.

– Qu'est-ce qu'on peut se permettre, alors ?

– Un petit coin vers La Rochelle.

– Tu plaisantes ?

Non, je ne plaisantais pas. J'avais vu le dépliant de l'hôtel Lido, quelque part dans le sud-ouest. Un fragment de Venise qui aurait dérivé jusqu'à nous via le Grand Canal, une bâtisse étrange et lézardée née du rêve d'un doge en exil. Et pour veiller sur son éden byzantin, il aurait pris soin d'y ériger un lion ailé, plus hiératique et plus alerte que celui de la place Saint-Marc.

On avait tout, même l'odeur, même l'enlisement et la vétusté. Suffisait de ne pas chercher à tout prix les gondoles et les canotiers ridicules de ceux qui les conduisent. Chaque année nous y sommes revenus, quels que soient le temps et l'état de nos rapports. Comme pour assister à la lente dégradation de notre couple. À chacun de mes séjours ici, je me suis amusé à guetter la fissure du balcon du lion, plus menaçante chaque année, en espérant le voir s'écrouler d'un coup ; chaque année je suis reparti frustré de ce spectacle. Sans jamais perdre espoir pour l'année à venir.

Les jeunes comédiens fringants que nous étions alors s'étaient promis, comme tous les couples, de rester vigilants devant toutes les érosions et les usures qui menacent les amants. Notre rendez-vous ponctuel avec l'hôtel Lido nous servait justement à ça. Quelque chose toutefois nous singularisait, nous, par rapport à tous les autres couples. Nous ne savions pas encore quoi.

Durant la lune de miel, j'avais réussi à garder un œil sur le script d'un petit film où je devais jouer le rôle d'un dealer d'héroïne recherché par toutes les polices, et qui finit par buter le tenace inspecteur auquel il n'échappe jamais. Entre deux ébats amoureux je trouvais le temps de m'identifier à une bête traquée, paranoïaque, de répéter les gestes techniques du vendeur de poudre qui confectionne ses paquets et trace des lignes de coke avec emphase. J'ai même profité du départ en ville de ma jeune épouse pour répéter la scène du fix d'héro avec tout le cérémonial de rigueur et une livre de farine empruntée aux cuisines. En m'efforçant de faire mieux que Pacino dans *Panique à Needle Park*. Aux premiers essais je m'étais trouvé très en dessous du modèle ; mais à force d'orchestrer cuillère et seringue avec le nœud du garrot entre les dents, j'ai senti que je rentrais bel et bien dans la peau trouée du personnage. Les flics ont déboulé dans la chambre au moment où la seringue roulait à terre et où je poussais le râle qui est censé suivre le premier flash. J'en ai eu un autre, un vrai, quand ils ont foncé sur moi, j'ai pensé à me jeter par la fenêtre. Ce jour-là, j'en ai appris sur la surprise et la peur.

Ma chère et tendre n'est venue me libérer que tard dans la nuit. Pour que je profite au mieux de l'ambiance du commissariat et des interrogatoires de quelques flics frustrés d'un flag, elle a dit. Et que désormais j'étais mieux armé pour le rôle.

Ma prestation dans le film m'a valu quelques critiques bienveillantes. Et malgré la descente de police, le patron de l'hôtel a consenti à nous louer la même chambre l'année suivante.

Toujours la même, jusqu'à aujourd'hui. On nous la réservait d'office. Qui aurait dit que j'y crèverais un jour ? Mes bras s'alourdissent et je vois de moins en moins clair. Mais les saccades ne cessent pas dans la chambre d'à côté et je me suis juré de percer ce mystère. J'ai trouvé la force suffisante pour ouvrir la fenêtre. Où est la femme que j'aime ? Qu'est-ce qu'elle a décidé de faire, en attendant ? Pour passer le temps. Marcher sur la plage ? Prendre un verre en terrasse, avec le patron ? Ce serait cruel. Et pourtant. Je suis sûr que si je parvenais à me pencher sur le balcon, je la verrais en bas, sirotant un martini, sereine, face au coucher de soleil.

Depuis toujours elle adore ça. Je me souviens de l'année où elle a passé le plus clair de ses journées assise sur cette maudite terrasse pour potasser le rôle principal d'une pièce à la con. Un drame de la jalousie, une pacotille de boulevard, loin d'Hermione et d'Othello. Quand je pense qu'elle a déserté notre petit quotidien balnéaire pour apprendre cette bêtise par cœur... Elle disait : je ne peux pas refuser une tête d'affiche, mon amour. Et puis, tu sais bien que la jalousie c'est pas mon truc, c'est un vrai rôle de composition pour moi. Toutes ces histoires d'adultère à la con... J'aimerais donner une autre direction à mon personnage... Quelque chose de plus ambigu, tu vois... Va donc à la plage, mon amour...

Je n'ai pas insisté. Le soir, tard, dans le lit, j'ai attendu son pas dans le couloir. Elle m'a demandé si je ne m'étais pas ennuyé à la plage, et j'ai dit que j'y avais fait des rencontres. En passant près du balcon, elle a vu le corps nu de cette jolie brune bronzée. Une silhouette pas ambiguë pour deux sous. J'avais pensé que le balcon remplacerait avantageusement les placards de boulevards.

Aujourd'hui le balcon ne pourrait même plus supporter le frêle petit corps bronzé de ma maîtresse d'un soir. Depuis dix ans déjà le patron a préféré interdire l'accès du balcon tant que les travaux de ravalement ne seraient pas terminés. Bien sûr, il n'a jamais avancé le moindre sou pour les commencer. Dix ans... Oui, je crois pouvoir dire que notre mariage avait franchi la même cote d'alerte à peu près à cette époque-là. Il y a eu cette série télé qui m'a rendu célèbre un peu partout en Europe. *Bonne chance, champion.* Un brave journaliste sportif qui dénoue des intrigues dans les milieux de la compétition. Un épisode par mois, pendant trois ans.

Durant cette période, elle a joué dans deux ou trois films tout à fait estimables et dans une pièce de Pinter où elle s'est taillé une bonne tranche de succès pendant une interminable tournée. Nous nous sommes si peu vus pendant ces trois années... Malgré l'éloignement nous avons continué à nous donner des leçons de comédie, comme des leçons d'amour. Avec pour seules retrouvailles notre escapade à La Rochelle. Il y a eu cet épisode de *Bonne chance, champion* où mon personnage se faisait casser la gueule par un boxeur. C'est sur la plage, face à l'hôtel, en plein après-midi, que j'ai appris ce qu'on ressentait avec deux arcades sourcilières éclatées et un léger enfoncement de la cage thoracique. La femme que j'aime aurait pu ne payer que deux loubards au lieu de quatre pour venir me faire cette petite démonstration. C'est l'année suivante, me semble-t-il, qu'elle a joué dans *Noyade interdite.* J'avais veillé à bien la préparer pour son rôle de rescapée d'une baignade houleuse. C'est elle-même qui m'avait proposé de partir en barque pour se baigner nus, au large. Elle a plongé. Je suis rentré. Seul. Et me suis ennuyé deux bonnes heures en attendant de la voir revenir à la nage.

La douleur me ronge, mais je l'oublie presque, le bruit d'à côté me donne envie de hurler. Je ne crèverai pas avant de savoir. Je respire profondément l'air du dehors et touche l'aile du lion. J'aurai au moins réussi ça avant d'y passer.

Tiens... Je l'aurais parié... Elle est là, la femme que j'aime... Son verre à la main... Elle attend... C'est moi qu'elle attend... Quand j'aurai fermé les yeux elle le saura... Elle le sentira... Mais je ne fermerai pas les yeux avant de savoir... De la main je caresse la fissure du balcon. La crevasse qui court sur toute la longueur. Je ne dois pas fermer les yeux. Je dois voir, d'abord. Mais d'autres images me reviennent en mémoire.

Le soir où elle m'a annoncé qu'elle était enceinte. Elle y avait mis le ton, les atermoiements et les larmes de joie. Et moi aussi, comme un con. Nous avons passé la nuit entière à chercher des prénoms, à faire comme si notre chambre de l'hôtel Lido était celle du gosse. C'est seulement au petit matin que je me suis rappelé qu'on venait de lui promettre le rôle d'une executive woman qui hésite entre sa carrière et sa grossesse. J'avoue que ce coup-là a été dur à encaisser. Je me suis vengé l'année suivante, quand j'ai joué celui du cancérologue pour un téléfilm italien. J'ai été grandiose. Exceptionnel. Tout de l'intérieur, façon Actor's Studio. Avec toute la douleur retenue du monde, je lui ai annoncé qu'elle avait un cancer généralisé. Pour ne la détromper que deux jours plus tard.

Le jour décline. Tout à l'heure, quand je souffrais le martyre, j'étais encore loin de la vraie douleur. J'ai envie de vomir cœur et intestins. Mes doigts s'enfoncent dans la fissure du balcon. Et elle, en bas... À l'aplomb... Si elle levait juste une seconde le nez, elle me verrait là, agrippé au garde-fou. Roméo n'a pas dû souffrir comme je souffre.

Roméo... Je le tenais, mon Roméo. Il y a quelques mois de ça. Ce jeune réalisateur qui voulait nous revoir tous les deux sur scène en Roméo et Juliette, modernes et vieillissants. Elle avait dit non ; j'ai fini par la convaincre. Tu ne sauras jamais mourir comme Roméo, elle disait, l'empoisonnement ça ne s'improvise pas. Elle avait raison. Aujourd'hui je le comprends.

La femme que j'aime. Là, juste en dessous, je vois sa chevelure noire, le bout de son nez. Elle attend.

Le martèlement, toujours. J'ai peur que ce soit mon propre cœur, il bat dans mes tympans. Ma vue se brouille de plus en plus. Tout à coup j'ai senti le balcon gronder quand je me suis mis debout. Je me suis affaissé de tout mon poids sur la rambarde et j'ai cru que la fissure répondait.

C'est là que l'idée m'est venue.

En insistant... peut-être que cette année serait la bonne. Que je le verrais enfin se décrocher, ce balcon pourri. On l'aurait, notre scène de balcon. On a troqué Vérone pour Venise et Venise pour La Rochelle. Qu'importe. Puisqu'on est des acteurs, elle et moi. Je sais désormais comment meurt Roméo. Mais elle ? *Mort par écrasement sous un balcon :* improvisation... Il suffirait de si peu. J'essaie de trépigner, de taper des poings sur la pierre rongée, de donner des coups de pied, mais les forces me manquent. Le balcon attend le coup de grâce pour s'effondrer. Je n'y arriverai pas. Les larmes me montent aux yeux. Le balcon résiste et je vais crever là, en l'air, suspendu au-dessus d'elle. Tant pis. Il me reste juste assez de jus pour me pencher une dernière fois, et voir, dans la chambre d'à côté, ce qui m'obsède depuis des heures.

Une petite fille.

Avec des couettes. Seule. Elle a poussé tous les meubles vers les murs pour dégager une aire libre, au beau milieu de la pièce, où elle saute à la corde. La corde racle le sol en claquant et ses pieds vont frapper à terre à une cadence qui fait vibrer les murs.

Je l'ai regardée, un long moment. Merveilleuse. Ivre de son propre rythme. Ça m'a fait du bien. De la voir. De savoir.

Elle s'est interrompue pour lever les yeux vers moi. Elle n'a pas eu peur. Elle s'est approchée. J'aurais voulu lui parler, longtemps, lui demander plein de choses, la flatter pour son agilité, les enfants aiment ça, je crois. Mais j'ai senti que le poison ne m'en laisserait pas le temps. Je n'ai pu que l'inviter à me rejoindre, pour que je puisse la voir jouer avec sa corde, le plus près possible, le plus fort possible, à en faire péter la bâtisse.

Je me suis assis, doucement, pendant qu'elle poussait la table de notre chambre. Je lui ai demandé de se rapprocher du seuil, de la fissure. Je l'ai encouragée, vas-y petite, plus vite, le plus vite possible.

J'ai cru que mon corps ne ressentirait plus rien, mais j'ai fermé les yeux pour mieux recevoir les ondes de choc qui nous ont tant fait vibrer, le balcon et moi.

La foire au crime

À la descente du train, j'ai lu sur la banderole : XXXIXe édition de la Foire du crime de Saint-Naz. Il y a trente-neuf ans je n'étais pas encore de ce monde. Paraît que le monde était bien différent. Des vieux du coin disent que la foire n'a plus grand-chose à voir avec ce qu'elle était jadis.

J'ai laissé de côté les deux ou trois choses précises que j'avais à y faire et, pour suivre le rituel, j'ai fait mon petit tour entre les stands, le nez en l'air, en cherchant les surprises et les nouveautés.

Cette année, ils ont installé les tueurs à gages dans un superbe entrepôt rénové à leur intention. Une cinquantaine de stands tirés au cordeau proposent les services de cette brave corporation à des prix plus ou moins étudiés. Les pros s'y sont tous donné rendez-vous, j'en ai reconnu quatre ou cinq parmi les meilleurs. Les badauds se pressent pour voir les stars s'exhiber dans des fauteuils en sirotant du dur. Je me suis renseigné sur les tarifs, comme ça, par simple curiosité. Pas moins de quinze briques pour faire buter un anonyme, et ça commence à grimper sérieux pour les contrats sur les personnalités. De nos jours, un V.I.P. peut atteindre les cinquante plaques, frais compris. Des moins pros ressemblent à des porte-flingues sortis d'un film de Lautner, ils s'essayent à la carrière et cassent les prix pour au moins rembourser la location du stand. Faut bien commencer un jour.

Je suis passé dans le hangar aux Alibis serrer quelques mains. Pour cinq mille balles on peut y trouver un faux témoignage plutôt fiable, mais là encore la concurrence joue à fond. D'un côté, les maisons solides, travail soigné, celles qui prennent en charge le client dès la préméditation et l'accompagnent jusqu'au premier jour d'instruction. Avec, en sus, une garantie après-vente en cas de procès aux assises. De l'autre, les témoins de dernière minute, qui jureraient avoir passé la soirée avec le premier venu et qui se rétracteront au premier interrogatoire. Quelle misère !

J'ai traîné mes guêtres dans l'allée des Cerveaux. Planification en tout genre : braquages de banques et de convois de fonds, vols de documents. Un bon casse, clés en main, réglé comme une horloge, avec graphique et prestataires de service selon les besoins : les chauffeurs, les hommes de main, les indics. Question prestige, ils ont invité Ronald Biggs, le génie du train postal Glasgow-Londres. Il a peu parlé pendant le débat. Ça m'a fait plaisir de le voir en si bonne forme.

J'ai mangé un morceau dans l'allée des Fourgues. Recel en tout genre. Ça va du Van Gogh à l'autoradio. On s'est bousculés autour du diamantaire qui faisait une mise à prix pour une rivière de perles qui aurait appartenu à Gloria Swanson. J'ai croisé un peu plus loin mon pote Jeremy, le dernier Léonard européen. Son faux billet de cinquante balles était resté dans les annales, mais il avait connu un vrai revers de fortune à cause d'un Pascal qui avait mal séché. Il s'est plaint de la texture du papier qu'on trouvait de nos jours et m'a avoué qu'il était en perte de vitesse. La fausse mornifle n'intéresse plus personne, a-t-il dit. Pour ne pas perdre la main, il bidouille des cartes d'identité et des cartes bleues. Ça fait de la peine. Un talent pareil...

J'ai rapidement traversé l'arsenal, je n'aime pas les gens qu'on y croise. Je me suis pourtant laissé prendre au bagout d'un camelot qui faisait la démonstration d'un petit gadget à lames de rasoir qui porte à une bonne dizaine de mètres. Messieurs dames ! Le Razorflash, avec le mode d'emploi et la garantie, et j'ajoute en cadeau, pas une, pas deux, mais trois boîtes de recharges, le tout pour cent balles ! Et on se bouscule siouplaît !

Dans le coin librairie je me suis laissé tenter par le *Manuel du maître chanteur,* dédicacé par l'auteur. J'ai pensé que le bouquin devait être plutôt bien écrit.

J'ai remis au lendemain le coin des cols blancs : avocats véreux et comptables marrons. J'ai fait un break à l'hôtel pour prendre une douche et enfiler mon smoking pour la soirée de gala et la remise des Derringers d'or. Car cette année, pour la première fois, je pars favori dans ma catégorie.

C'est en sortant de la chambre que je l'ai vue. J'ai voulu fermer les yeux, mais il était trop tard. Elle avait le regard brûlant de Méduse et la voix des sirènes. Elle avait le corps de Calypso et une réputation plus cruelle que celle de Circé. Et moi, Ulysse de fortune, je me suis vu tomber dans tous ses pièges à la fois. J'ai eu une seconde de vertige et une minute de fièvre, quand elle m'a dit : on se voit ce soir, non... ?

Le dîner n'en finissait plus. Heureusement qu'à deux tables de la mienne, j'ai vu la vamp me lancer des œillades redoutables. Le moment tant attendu est arrivé, l'organisateur a donné le coup d'envoi de la cérémonie avec des girls qui nous ont gratifiés d'un numéro ringard, un tableau du Casino de Paris qui aurait été mis en scène par Lucky Luciano. Il a fallu se taper les Derringers d'or du meilleur tueur à gages et du meilleur braqueur. Il y a eu un petit moment de panique quand ils ont annoncé les noms en lice pour le titre du meilleur terroriste : un seau à champagne a explosé à une table du fond, et trois des concurrents, qui avaient eu la mauvaise idée de se réunir pour la bouffe, se sont retrouvés en miettes. Ce qui nuisait radicalement au *suspense,* rapport au gagnant. Qui s'est levé pour chercher son trophée sans attendre qu'on décachette l'enveloppe.

Il leur restait à décerner les deux derniers Derringers. Mon cœur s'est mis à battre. Être le meilleur de ma catégorie... Et elle, dans la sienne, était à dix coudées au-dessus des trois autres filles en lice.

Tard dans la nuit nous nous sommes retrouvés dans ma chambre pour fêter nos victoires au Dom Pérignon. Mon Derringer et le sien côte à côte, rutilants.

– Ça fait quel effet d'être la meilleure femme fatale de l'année ? j'ai demandé.

– C'est gratifiant. Mais je le mérite. J'ai travaillé dur pour l'avoir. Cette année j'ai eu deux suicides de banquiers, et j'ai fait plonger un ministre. Même les plus coriaces ne me résistent pas. Et vous ?

– Oh ! moi... je ne m'y attendais pas du tout, dis-je, hypocrite. Les *serial killers* ne pensent pas à ce genre de récompenses, vous savez...

– C'est quoi, votre spécialité ?

– Les femmes, uniquement les femmes. Et plus je les trouve désirables, plus je soigne le travail.

Son regard me brûle. Mes mains ne tremblent pas encore.

Nous savons tous les deux qu'un seul d'entre nous sortira vivant de la pièce, demain matin.

Et à ce stade de la nuit, nous avons encore chacun nos chances.

Toute sortie est définitive

– Balcon ?

– Orchestre.

J'ai choisi sans hésiter, comme si j'avais senti que cette fois, mes jambes ne me porteraient pas jusque là-haut. Une poignée de mômes excités par l'affiche m'ont frôlé en se ruant vers l'escalier qui mène à la mezzanine. C'est en les voyant grimper les marches quatre à quatre que je suis revenu sur ma décision, le caissier a échangé mon ticket vert pour un bleu, et j'ai lentement gravi l'étage. Je n'ai pas voulu me prouver quoi que ce soit. Il le fallait, c'est tout. En haut, presque fier, je me suis retourné pour évaluer le chemin parcouru, ça m'a procuré une douce sensation de vertige, j'ai lu le petit écriteau prévenant que *Toute sortie est définitive.* Un homme a déchiré le ticket en m'indiquant l'accès à la salle, et malgré l'envie de lui dire que j'avais franchi cette porte-là bien avant sa naissance, je l'ai remercié avec un sourire. Avant d'entrer, j'ai jeté un œil panoramique sur le bar, les colonnes, les flambeaux portés par de petits anges et les cariatides. Elles ne supportent rien, c'est vrai, mais je les ai toujours appelées comme ça.

En pénétrant dans la mezzanine, j'ai eu peur que

ma place ne soit déjà occupée. Mais qui irait se coincer entre le quatrième et le cinquième rang, près du strapontin, quand il n'y a pratiquement personne ? Surtout pas les trois gosses qui ont investi le premier rang pour lancer du pop-corn sur la tête des spectateurs de l'orchestre. Je me suis donc installé sur le siège 158 en prenant bien soin de laisser libre d'accès le 159 à toute personne désirant s'y installer. Là et pas ailleurs.

Tout près de moi.

Les lumières se sont éteintes presque tout de suite, j'ai vu jaillir le faisceau du projecteur bien à l'aplomb au-dessus de ma tête, puis j'ai perçu le clip-clip de la machine. Les gosses se sont calmés d'un coup. Pas de bande annonce. Pas de réclames. Le film. Direct. Une amorce un peu bouffée. Une pluie torrentielle, d'abord, sur l'écran, puis une fine bruine éparse. Musique. Titre.

L'IMPLACABLE WANG-YI

Une campagne verdoyante. Une grande ferme, des hommes qui travaillent la terre quelque part entre Saïgon et Hong-Kong. Arrive un gros bonhomme avec un mauvais sourire. Il parle comme un Parigot. Il harangue les paysans. Le voilà à terre, geignant. Si vite ? Un mauvais raccord ? Une ellipse trop subtile pour mes pauvres yeux ? Sûrement rien de tout ça, juste un recollage un peu rapide après la cassure. Et qu'est-ce qu'il fait, celui-là, le torse nu, à sauter partout ? Il demande à un petit enfant : « Pourquoi tu pleures, tout seul ? » Le gosse répond que sa mère est morte et pleurniche de plus belle.

J'ai allongé mes jambes sous le siège d'en face.

Quel était cet autre gosse qui disait, les yeux exorbités et pas tristes pour deux sous : « Ma mère ! Elle est morte, ma mère ! »

Je me souviens.

C'était en 1962, on habitait ce petit deux-pièces de la rue André-Antoine, entre Pigalle et Abbesses. Je me souviens de la tête du petit Antoine Doinel, qui a séché les cours, la veille. Son vieux maître qui exige une excuse. *C'est ma mère, m'sieur, elle est morte !* J'ai ri, un peu fort peut-être, et j'ai reçu le coup de coude de Jeanne, dérangée, suspendue aux lèvres du petit Jean-Pierre Léaud. Elle m'a dit que si un jour nous avions un gosse, elle voulait qu'il ressemble à celui-là. Durant la séance je me suis demandé comment je devais annoncer à Jeanne que notre départ en Australie était retardé, malgré tous les papiers qu'on avait remplis, malgré le certificat de mariage. Je savais qu'elle me ferait la gueule pour le reste de la soirée. Lâchement, j'ai pensé que ça pouvait bien attendre un jour ou deux. Pas envie de gâcher notre anniversaire. Les dix ans de notre première rencontre. On n'était guère que le 3 mai, après tout. Autant passer l'été ici et profiter de celui qu'on aurait là-bas, en décembre. Jeanne a versé une petite larme quand elle a vu le gosse émerveillé par ce qu'il découvrait de Paris, du fin fond du panier à salade. J'avais bien aimé *Les 400 coups,* malgré le noir et blanc. En descendant le grand escalier, Jeanne a dit que le réalisateur du film en avait fait un autre depuis, ça s'appelait *Tirez sur le pianiste,* elle m'a fait promettre d'aller le voir avant de partir là-bas.

Voilà donc le fameux Wang-yi. Un bloc de nerfs et de muscles. Il colle quelques gifles à toute une escouade de types en collants noirs.

Qu'est-ce qu'il est devenu, Jean-Pierre Léaud ?

Je ne vais au cinéma qu'une fois tous les dix ans. Et toujours ici, dans cette salle. Quel que soit le film. Je l'aime tellement, cette mezzanine. Ma place 158. Je passe ma main sur le velours rouge du siège 159, à l'endroit même où, jadis, elle croisait les jambes.

J'avais osé. Les regarder, juste. Deux genoux, dans le noir. La naissance des cuisses à la lisière du kilt. J'avais laissé mon regard s'aventurer sur le chemisier blanc, sur sa poitrine de cariatide, et j'ai retardé le moment de découvrir son profil. Les actualités de la Gaumont disaient qu'en Australie il y avait de la place pour les jeunes gars qui ont un métier en main. Une petite bouille adorable. Je suis tombé amoureux tout de suite, là, sur le siège 158, foudroyé par un kilt et un trait d'eye-liner. 3 mai 1952. Les réclames pour la crème Vitabrille & Vitapointe dont je me foutais bien, autant que Fernandel coincé dans son Auberge rouge. J'avais vingt ans désormais, et j'attendais l'entracte pour l'inviter à la buvette. Elle a refusé parce que ses parents étaient juste en dessous, à l'orchestre. « Mon prénom ? Jeanne, pourquoi... ? Dimanche prochain ? Ça dépend de ce qu'on donne, mon père n'aime que Fernandel. Où ça ? Ici ? D'accord, 158 et 159. À dimanche. »

On est mercredi, c'est sûr. Avec tous ces gosses. Le siège me fait mal dans le dos. Wang-yi vient d'en casser trois ou quatre depuis tout à l'heure. Des dos. Pas le gars à rencontrer quand il s'est levé du pied gauche. Le voilà qui explique aux paysans comment se défendre avec des bêches et des râteaux. J'entends quelqu'un siffler, en bas. On hurle : le point ! le point ! Pourtant je ne perçois aucun flou. J'ai déjà du mal à discerner ce qui se trame sur l'écran. Je n'ai plus mes yeux. Ça m'a fait mal quand je m'en suis rendu compte, l'autre jour. Moi qui ai toujours gagné au tir à la carabine sur le terre-plein d'en face, juste devant le cinéma. Tu veux quoi, mon amour ? Encore un nounours ? C'est sans doute parce que je suis encore trop fier que je ne me suis pas acheté cette paire de lunettes. Sur l'écran géant, Wang-yi mesure bien ses trois mètres. Ils y rentrent à vingt ou trente, dans l'écran, on voit aussi leurs adversaires arriver par derrière les montagnes. On peut même choisir ce qu'on veut regarder. Pendant *Lawrence d'Arabie,* Jeanne et moi, on s'était perdus dans le désert. Pendant *Jivago,* dans la neige. Mais j'avoue que ce sont les flammes qui m'ont le plus impressionné. Ça oui. Juste le jour de notre anniversaire.

3 mai 1972. *La Tour infernale.* Trente-cinq étages en feu. On n'avait jamais vu ça. Je crois bien que c'est la dernière fois que Jeanne s'est agrippée à mon bras. Elle était venue presque à contrecœur. L'anniversaire de notre rencontre ? Un truc de collégiens, elle disait. Et puis, pas le temps. Il fallait qu'elle s'occupe de sa lettre à l'Éducation Nationale, celle où elle refusait sa mutation à Grenoble. Et même pas à cause de moi. Elle ne voulait pas quitter sa classe de trente-cinq gosses, c'était ça, la vérité. Trente-cinq, et pas un seul à elle. Et tous ces nounours qui s'étaient entassés dans le débarras. Ce n'était pourtant pas ma faute. Pas entièrement.

Le bruit de la cassure m'a tiré de la somnolence. La lumière est revenue et ça ne m'a pas déplu. Comme les entractes. Le calme brutal auquel on goûte en sachant que ça va repartir. Les gosses, eux, ne veulent rien savoir, ils gueulent. Le projectionniste vient nous annoncer qu'il faut attendre cinq bonnes minutes. Le temps d'aller boire quelque chose au comptoir. J'ai pensé que ça laisserait à Jeanne une chance d'arriver. J'ai jeté un œil sur la rue en sirotant une orangeade. Un chien de berger qui s'ennuyait est venu renifler mes semelles. J'ai regardé les affiches des prochains programmes. *Maciste et les gladiateurs. Les Maîtresses de Dracula.* Une chance que je sois tombé sur le karaté, je n'aime pas les films d'épouvante, même les vieux, ceux dont on connaît l'histoire par cœur. Jeanne non plus. Pour calmer leur nervosité, les trois petits Wang-yi criards ont décidé de déglinguer un des flippers au kung-fu. L'enseigne BAR-FUMOIR-JEUX clignote au-dessus de ma tête, et je me demande si la mezzanine tiendra bon jusqu'au 3 mai 2002. Si mes jambes me supporteront toujours. Si le cinématographe existera encore. Si Jeanne n'aura pas oublié une fois de plus. Et quel film passeront-ils, ce jour-là ? Un karaté de l'espace ? Un porno cybernétique ? Un péplum interactif ? On nous fait signe que le film reprend.

Je commence à me demander si ce Wang-yi n'est pas le héros d'un drame populiste, si son étrange façon de combattre ne serait en fait qu'une danse mystique. Mais rien de tout cela ne parvient à me captiver, je rêvasse. Qu'est-ce qu'on passait, le 3 mai 1982 ?

Ça parlait d'archéologie, je crois. Même la mémoire commence à me faire défaut. Tout ce dont je suis sûr, c'est que Jeanne n'était plus là. Ah oui, *Les Aventuriers de l'arche perdue.* Un truc formidable, ça ressemblait à *L'Homme de Rio,* avec plus d'argent. Je me souviens que ça tombait un samedi, je n'ai presque rien vu du film, j'ai passé mon temps à garder libre la 159 et à sursauter chaque fois qu'une silhouette passait les portes battantes. J'habitais vers Bastille. On m'a dit que Jeanne s'était installée dans le sud-ouest, vers Biarritz. On m'a fait comprendre, au boulot, que l'Australie n'avait plus besoin de personne, surtout pas d'un quinquagénaire qui n'a jamais cherché à se spécialiser. Pourtant j'avais eu comme un regain d'énergie après le divorce. Je savais bien que ce n'était plus de l'énergie. Si, je me souviens quand même de la colère de Dieu quand on ouvrait l'arche sacrée, des visages irréels et beaux qui se transforment en masques de la mort, on avait l'impression qu'ils fusaient autour de nos têtes. En retrouvant la lumière du jour, j'en ai voulu à Jeanne de n'avoir pas fait l'effort de venir. Pas pour moi, ni pour elle. Rien que pour le cinéma, la mezzanine, le rire de son père devant Fernandel, pour son kilt sage, pour trente ans d'aventures, pour les Esquimaux, pour le regard du petit Léaud, pour le mot FIN qui nous désemparait pendant une bonne minute, pour les commentaires au café d'en face, et même, rien que pour entendre la colère de Dieu en plein désert. Ça ne valait pas le voyage de Biarritz, faut croire.

L'apothéose. Le combat final entre les méchants en collants noirs et les paysans entraînés par Wang-yi l'intrépide. Non, l'implacable. Les lumières se rallument, je ne me sens pas bien. Les larmes me montent aux yeux. Les mômes rigolent, l'un d'eux s'arrête brutalement et donne des coups de coude à ses copains en me montrant. Un petit vieux qui pleure à la fin du film, malgré le triomphe de Wang-yi. Je descends péniblement l'escalier. Plus encore que durant l'ascension. *Toute sortie est définitive.*

Suite logique

Je hais les tests d'intelligence.

Et quand je dis je hais, je n'encourage personne à me forcer à le prouver. *Test* et *intelligence,* je ne supporte pas la collision de ces deux mots. S'il y a quelque chose que j'exècre plus encore, c'est l'individu qui vous en fait passer un avec le sadisme bienveillant de celui qui connaît la réponse. Ça crée chez moi un besoin de lui faire exploser la gueule à coups de talon, histoire de dérégler un peu une tête qui pense si bien.

Quand j'étais môme, déjà, le médecin avait insisté pour qu'on m'interdise de jouer aux échecs. Ce brave toubib soignait aussi les voisins, et surtout le petit Gilles, qui m'avait appris ce jeu du diable. La petite ordure avait le mat arrogant, et le toubib n'a rien pu faire pour enrayer l'hémorragie qui lui faisait pisser la tête, il a juste téléphoné au SAMU, que j'ai vu repartir en trombe avec un sentiment d'apaisement et de calme retrouvé. Alors j'ai cessé de jouer. Je n'aime pas la violence.

Six ans plus tard, il y a eu ce petit sourire en coin de la prof de math pendant que j'étais au tableau. Elle a dit : $a^2 - b^2 =$? ? ? ? On va pas y passer la nuit ! Plus il y a de carrés et moins ça tourne rond dans votre petite tête, mon p'tit Cantelaube... Fou rire de la classe, juste au moment où j'allais écrire la réponse. Jamais elle n'a pu prouver que c'était moi qui avais bousillé sa bagnole avec une clé à molette, mais je me suis débrouillé pour le lui faire savoir.

Ensuite ça a été le tour de ce jeune con de bidasse chargé de faire passer les tests aux appelés. Il m'avait montré un panneau avec trois dessins : un footballeur, un maçon, un épicier. La question était : il se sert d'un ballon, lequel ? Jusque-là, pas de problème, mais ça s'est corsé pas longtemps après avec 2. 4. 12. 23... quel nombre continue la série ? J'aurais pu trouver si le gars n'avait pas regardé ostensiblement son chrono, l'air de dire : « Encore trente secondes et tu vas finir comme nettoyeur de chiottes dans la 3e division blindée de Montbéliard. » Pendant ces trente secondes-là, je me suis vu lui faire avaler le chrono à grands coups de poing dans la gorge. Mais c'est peut-être la première fois de ma vie que le bon sens a pris le pas sur mes pulsions destructrices, je suis ressorti de son bureau avec une note minable et l'intime conviction d'avoir frôlé le bataillon disciplinaire. Le soir même, je l'ai cherché dans tous les recoins de la caserne. Sans le trouver, hélas.

Ensuite, pas grand-chose. Des jobs auxquels je n'ai jamais postulé à cause de ces foutus tests. Toujours le maximum à l'écrit et des crises de rage contenue pendant les oraux. Il y a un tas de choses auxquelles j'ai dû renoncer. Je sais, c'est absurde, mais c'est comme ça. Alors j'ai suivi un stage de formation en informatique et j'ai trouvé un boulot où, à la longue, j'ai prouvé mes compétences.

À part ça, je suis un gars plutôt gentil, même un peu effacé, le genre timide qui baisse les yeux.

Tout ça se serait calmé, avec le temps. Parce que

ce genre d'épreuve neuronale, ces hit-parades des Q.I., après un certain âge, tout le monde s'en fout, et rares sont les occasions de s'y plier. Je pensais bien ne plus avoir à subir ce genre de torture.

J'en avais oublié cette maladie. D'ailleurs, j'avais tout oublié le soir où j'ai croisé Marie. Une rencontre dans un couloir de bureau. Des sourires. Tout de suite ça a battu fort, là-dedans... Une amourette qui se transforme, quelques jours plus tard, en une absolue certitude, celle de vouloir attendre la fin du monde à ses côtés, de la voir s'amuser pour un rien, de régresser avec elle jusqu'à l'enfance et de la regarder vieillir en admirant ses rides. Marie...

Je n'ai même pas eu envie de la conquérir, la messe était dite, à quoi bon jouer à la séduction, déclarer l'évidence, faire semblant de rien quand on veut tout et que tout est déjà tellement clair. J'étais fou d'elle. Je ne sais toujours pas à quoi ça tenait, sa petite jupe jaune ? sa façon de hausser les épaules quand je disais une bêtise ? Oui, c'est peut-être ça, dans un haussement d'épaules j'ai senti l'immense tendresse qu'elle avait déjà pour moi, un inconnu qui baisse les yeux, un timide, un gars bien.

On s'est emballés. Le café des Feuillantines, tous les soirs à la sortie du bureau. À notre sixième rendez-vous, je m'en souviens bien, nous avons franchi une étape obligatoire. Nous nous sommes racontés, elle, moi, la vie, sans oublier les coïncidences, les aveux, les envies, les regrets, les désirs. Du solennel un peu tarte et indispensable, des anecdotes vaguement remaniées, des confidences inutiles qui pourtant donnent des pistes pour comprendre comment l'on devient ce que l'on est. Elle a essayé de me brosser le plus noir portrait d'elle-même, comme pour me décourager. Tous les amoureux font ça. Alors moi aussi, forcément. Et je ne sais pas pourquoi, mais alors vraiment pas, j'ai raconté cette histoire du petit Gilles et de la prof de math. Et ça l'a fait rire, au lieu de l'inquiéter. Elle aurait tout accepté de moi, Marie. On s'est mis à parler de ça, de ma peur panique des mises à l'épreuve.

C'est à ce moment-là que son collègue du service commercial est passé devant notre table.

Sourires. Présentations. Connivence. Il s'est assis pour partager notre apéritif, et au début, tout ça m'a paru naturel. On l'a invité à notre conversation, on a parlé des tests, des examens, de la sélection, des lois du marché. Mais qui n'aurait pas remarqué avec quelle détermination il essayait de s'affirmer aux yeux de Marie, de me contredire avec élégance, de me remettre à ma place avec le sourire ? Heureusement, elle n'est pas tombée dans le piège. Il l'a senti. Et a dit :

– Les tests d'intelligence... C'est surfait... C'est vraiment pas un critère... C'est pas ça, l'intelligence... Tenez, par exemple : prenez le coup des cinq sacs de pièces d'or, on peut résoudre le problème avec un peu de logique, un peu de réflexion, mais ça ne mesure en aucun cas l'intelligence.

– Quels sacs de pièces d'or ?

J'ai eu le sentiment que ça allait mal tourner. Marie mordait à l'hameçon, sans s'apercevoir avec quelle hypocrisie il manœuvrait.

– Vous ne connaissez pas ? Cinq sacs sont remplis de pièces d'or qui pèsent dix grammes chacune, sauf dans un des sacs où les pièces sont fausses et ne pèsent que neuf grammes. Avec une balance, il s'agit de déterminer le sac où les pièces sont fausses, en une seule pesée.

Rien que le libellé m'a donné envie de vomir et tous mes démons ont ressurgi. Dix années de paix et d'insouciance balayées en quelques phrases. Marie, intriguée, s'est mise à chercher.

– Il faut le prendre plutôt comme un jeu, il a dit, avec du machiavélisme plein la bouche.

Je me suis embourbé. Me suis forcé à faire bonne figure quand ma seule envie était d'arracher la langue de cet ignoble salaud. Contre toute attente, il s'est levé et nous a quittés dans l'instant en disant, comme une bonne blague, que nous avions toute la nuit pour trouver.

La nuit... Je l'ai passée, pour la première fois, dans les bras de Marie. J'ai respiré son corps jusqu'à ce qu'il n'ait plus d'odeur. Je l'ai pressé contre moi jusqu'à en oublier ma propre peau. Des larmes me sont venues aux yeux. Ensuite nous avons fumé des cigarettes, longtemps, pour doucement nous endormir, collés l'un à l'autre. Avant de s'abandonner au sommeil, Marie a dit, dans un bâillement :

– En trois pesées on peut isoler le mauvais sac... Mais en une, c'est impossible.

Le lendemain, les collègues nous ont vus arriver en même temps au bureau, de quoi alimenter les conversations et les ragots pendant un bon bout de temps. Nous l'avions fait exprès. Le soir même, le rendez-vous aux Feuillantines était devenu une simple étape avant le dîner en ville et les promesses de la nuit. Mais ce que je redoutais arriva, Marie insistait pour connaître la solution du problème des pièces d'or. Et je n'ai pas su lui refuser, même si je savais que j'allais encore passer un quart d'heure noir à me retenir de casser la gueule du prétendant.

Qui est arrivé, ponctuel, comme s'il devait forcément nous trouver là. Cette fois je n'ai pas souri, pas cherché à être aimable, l'idée qu'on voulait me voler Marie m'était insupportable. Mais je crois que le pire, c'était la méthode qu'il avait décidé d'employer. Comme s'il avait trouvé la faille, le point sensible de tout mon être. Comme s'il me titillait le nerf d'une dent malade.

– Vous n'allez quand même pas me dire que vous avez baissé les bras devant une petite bêtise pareille... ! Allez, je vous soulage, il suffit de numéroter les sacs de 1 à 5, de tirer une pièce du sac numéro 1, deux pièces du numéro 2, trois du numéro 3, et ainsi de suite. On pèse en même temps les quinze pièces. Si le résultat est 149 grammes, ça veut dire que la pièce fausse était tirée du premier sac, si le résultat fait 148 grammes, ça veut dire que les pièces fausses sont dans le sac numéro 2, etc. Simple, non ?

Marie a gambergé quelques secondes et a poussé un petit soupir. Le gars lui a pris la main, une seconde, pour la rassurer sur ses facultés mentales.

– Avec ces petites questions-là, tous les coups sont permis, la logique n'est pas forcément là où on la cherche.

Après avoir dit ça, il m'a regardé droit dans les yeux. J'ai compris que le combat était ouvert, et qu'il userait de tous les moyens pour annexer la femme que j'aimais.

– Allez, vous deux, je vous donne une occasion de vous racheter.

Il a griffonné sur un bout de papier avec délectation. Je me suis mordu la lèvre pour me forcer à rester calme. Des images m'ont traversé l'esprit. Le petit Gilles qui hurlait son « mat ! » en couchant mon roi sur le flanc. La prof de math, la classe qui rit, le bidasse. Une vague de violence m'a submergé, j'ai retenu quelques gestes, Marie l'a senti. L'ignoble bâtard nous a montré sa feuille.

1
1.1
2.1
1.2.1.1
1.1.1.2.2.1

– Le principe est d'écrire la ligne suivante. Et maintenant, à vous de jouer, mais méfiez-vous, il y a un piège.

Ce coup-là, je me suis levé le premier en saisissant Marie par le poignet. Je sais que je n'aurais jamais dû faire ça. Sans le vouloir j'avais glissé dans le jeu pervers de ce pourri. Et Marie a eu peur de cet accès d'autorité. Pour me prouver qu'il lui restait un peu de libre arbitre, elle a saisi le papier en promettant à l'autre salaud de relever son défi.

La soirée fut tendue, Marie n'avait pas supporté ma réaction. Elle a dit qu'il ne fallait pas prendre à cœur des bêtises aussi insignifiantes et qu'à l'âge adulte on est censé faire la part des choses. Quand j'ai répliqué que son collègue la draguait ostensiblement sous mes yeux, elle a nié et pesté qu'elle détestait la jalousie. Elle a ajouté, pour conclure, qu'elle ne supportait pas de voir les limites des gens qu'elle aimait.

La nuit nous a en partie réconciliés ; le lendemain, au travail, les choses ont empiré. Triomphante, elle a déboulé dans mon bureau.

– Je l'ai !

– Quoi ?

– La solution ! J'ai cherché toute la matinée, et j'ai fini par l'avoir ! La ligne qui suit est 3.1.2.2.1.1 ! Il y avait un piège, la solution n'est pas dans le calcul mais dans la lecture... Il faut lire et énoncer ce qu'il y a sur la ligne précédente. La première, c'est 1, la seconde c'est un 1, qu'on écrit donc 1.1. Donc, la troisième c'est deux 1, qu'on écrit 2.1. À la quatrième, on décrit ce qu'on lit sur la précédente, c'est-à-dire un 2 et un 1, qu'on écrit 1.2.1.1, etc. Génial, non ?

Je n'ai rien compris, ça m'a énervé, je lui ai dit qu'il n'y avait pas de quoi être fier de plonger tête baissée dans ces conneries. Ce soir-là, j'ai affirmé que nous n'irions pas aux Feuillantines. Elle a répondu qu'il n'était pas question de la priver de sa victoire, et que c'était au contraire l'occasion rêvée de moucher le collègue.

J'ai tenu ferme. Elle aussi.

Le soir, en sortant du bureau, je les ai vus se pavaner à la terrasse du café. Elle a détourné les yeux en me voyant passer au loin. J'ai compris ce soir-là que je ne verrai jamais vieillir Marie.

Les mois ont passé. La douleur. Le regret. La distance avec la femme que j'aimais toujours. Martin, mon ex-rival, n'étais pas parvenu à ses fins. C'était moi que Marie voulait. Elle avait eu raison d'un bout à l'autre ; ma maladie avait eu raison de nous.

Peu à peu, je suis redevenu serein. J'ai passé un hiver tranquille, seul, dans mon petit pavillon de banlieue, à jouer avec des écrans et des fils, à bricoler des programmes. Petit à petit, je me suis mis à fréquenter Martin, qui a bien vite oublié Marie pour se rabattre sur une standardiste. Nous avons dîné plusieurs fois en tête à tête, lui et moi. Jusqu'au soir où je l'ai invité dans mon petit pavillon pour y passer le week-end.

Il est arrivé en bus et s'est approché de la grille. La porte était ouverte, il est entré, a prononcé mon prénom plusieurs fois, et la porte s'est refermée d'elle-même tout en connectant le magnétophone qui a fait dérouler mon message.

Ce qui est arrivé juste après, je n'ai pas pu le voir. J'aurais pu placer une caméra pour goûter à un moment pareil mais, sans savoir pourquoi, j'ai préféré laisser à Martin son intimité. Le message disait :

Mon cher Martin. Vous voici enfermé dans une boîte vide et totalement hermétique. Vous allez essayer de hurler, de débloquer la porte par laquelle vous êtes entré, de décondamner une fenêtre, mais vous n'y arriverez pas, faites-moi confiance et épargnez-vous des efforts inutiles. En face de vous, vous trouverez deux nouvelles portes, chacune reliée à un de ces computers 4.9.9 qui font la fierté de notre société, et dont j'ai l'honneur d'améliorer les performances techniques au fil des années. Imaginez maintenant que vous êtes un condamné à mort... Si vous ne pouvez l'imaginer, prenez-le comme simple postulat. Pour échapper à ce triste sort, il vous faudra faire preuve de sagacité et de ce que vous vous plaisez à appeler « la logique ».

L'une des deux portes mène au jardin, et le jardin à la rue, donc à la survie. L'autre, bien évidemment, mène tout droit à la cave où vous attend une fin monstrueuse, machinique, douloureuse, dont je préfère vous passer le détail afin de ne pas entamer totalement vos facultés mentales. Imaginez maintenant que les deux ordinateurs sont des gardiens qui ont la possibilité d'ouvrir, au choix, l'une ou l'autre des portes. Sachez en outre que l'un des deux ordinateurs dira systématiquement un mensonge si vous lui demandez la moindre information. L'autre, vous vous en doutez, dira systématiquement la vérité. Vous avez droit à une seule question, que vous formulerez à un seul des deux computers. À vous de trouver la bonne question à poser pour avoir la vie sauve. Vous pourriez choisir de vous en remettre au hasard, à l'arbitraire, au coup de poker, et demander par exemple à n'importe quelle machine : quelle est la porte qui mène au jardin ? Si vous tombez sur l'honnête, elle vous indiquera la bonne porte et vous pourrez rentrer sain et sauf. En revanche, la menteuse vous conduira au fond du gouffre. Vous avez une chance sur deux. Mais est-il bien raisonnable de jouer sa vie à pile ou face ? Heureusement pour vous, il y a un moyen parfait de vous en tirer, un réel moyen de pouvoir fuir à coup sûr ce pavillon du diable. Il suffit de poser LA bonne question, et elle existe bel et bien. Bon courage. Je vous rappelle que personne ne sait que vous êtes ici, que j'ai une semaine devant moi, que vous pouvez mourir de faim et de soif très rapidement, que vous m'avez fait haïr par la femme de ma vie, et que je ne supporte pas les tests d'intelligence. Et que vous voir crever me serait un doux spectacle. Bonne chance.

Au début j'ai perçu quelques cris, quelques bruits sourds. Puis plus rien pendant une bonne partie de la nuit. Où j'ai patienté, affalé dans un transat du jardin. J'ai dû m'endormir plusieurs fois, en gardant une oreille dressée au cas où la sonnerie de la porte de la liberté se déclencherait plus tôt que prévu. Je me souviens d'avoir prié tous les diables pour qu'il ne la prenne pas.

Au petit matin j'ai mangé quelques croissants et bu un bon café noir à même la Thermos.

À 14 h j'ai écouté la radio.

À la nuit tombée, j'ai écrit une nouvelle lettre d'amour à Marie, et, comme les milliers d'autres, je l'ai jetée dans la corbeille.

J'ai lu les *Confessions* de Rousseau, jusqu'à l'aube.

La sonnerie de la porte du jardin a fini par me réveiller de tant de langueur.

J'ai vu sa silhouette, désarticulée, écroulée de fatigue, rampant dans l'herbe humide. Je me suis approché pour chercher son regard défraîchi. Ses yeux de fou m'ont toisé, il a suffoqué un long moment, puis il a hurlé, puis ri à gorge déployée, partagé entre la terreur et la délivrance.

– Bravo, j'ai dit.

Eh oui, malgré tout, il fallait bien lui rendre hommage. D'abord pour m'avoir pris au sérieux. Ensuite pour avoir cherché, plutôt que de se jeter sur le premier hasard venu. Et enfin, pour avoir trouvé la seule question possible. Il suffisait, il est vrai, de s'attabler devant n'importe quel ordinateur et demander : « Que me dira l'autre machine si je lui demande quelle est la porte du jardin ? »

Le menteur aurait démenti une vérité, et dans ce cas il fallait choisir la porte inverse de celle qu'il indiquait. L'honnête aurait validé un mensonge, et là encore, il fallait choisir la porte inverse. C'est ce que Martin avait fait.

Il s'est cru libre, un instant.

Il ne m'a pas vu saisir le gourdin. J'ai frappé quatre fois, à la tête. Histoire de confirmer que le cœur a ses raisons que la raison ne connaît pas.

La culture de l'elæis au Congo belge

Le jour où il se décidera à devenir adulte, ce palmier... C'est pas faute de soins, on peut pas dire... Les gens du coin pensent que ça ressemble à rien, mon arbuste, au milieu de leurs platanes. Ils disent : « C'est pas ça qui va vous faire de l'ombre, m'sieur Eugène... ! » Et alors ? Je suis mieux placé qu'eux pour savoir qu'il n'aura jamais les 1 500 heures d'insolation par an et ses 2,50 mètres de pluviométrie... Mais en attendant, ça entretient le rêve, ça me rappelle le soleil, le vrai, pas le leur. Ça me rappelle la belle Moye, les soirs où elle m'éventait pendant qu'on se pétait la tronche au vin de palme, là-bas, entre deux étreintes, au sud du Mayumbe...

Ils peuvent pas comprendre, les paysans. D'accord, il est pas fier, mon *nigrescens psifera,* mais il est quand même plus joli que celui qu'ils ont sur l'almanach des postes. J'ai envie de leur dire : si vous saviez ce que vous avez l'air con, au milieu de vos betteraves ! Parlez-moi de la canne à sucre ! C'est pas à soixante-deux ans que je vais me mettre à faire pousser de l'aspartam, allez...

Tu parles d'un bled ! Deux bornes avant la première épicerie. Si encore on y trouvait des épices...

Au Congo, on avait toujours un vendeur de tamarin et de piment sur le pas de la porte. Et il avait pas ce mauvais sourire en coin qui fait tressauter le crayon derrière l'oreille. J'en ai toujours voulu à grand-père d'avoir acheté son lopin dans la Somme. Mais quand je suis revenu sur le continent, fallait bien que je m'installe quelque part.

– J'ai reçu des bananes, m'sieur Eugène, des belles tigrées, qui viennent de par chez vous...

– Ah, je vous en prie ! Vos machins jaunes ressemblent autant à des bananes qu'une boîte de Nesquick à un cacaoyer. À une époque, ce genre de méprise aurait pu vous coûter cher. Si vous aviez connu la lutte de sécession du Katanga vers les...

– J'ai des clients, m'sieur Eugène, qu'est-ce que je vous sers ?

– Du café.

– On a que du Legal, vous m'excuserez.

J'ai plongé la main dans le fond de ma poche pour y trouver un peu de mitraille qui ne devait pas dépasser les quinze balles. Avec ça, à Léopoldville, je pouvais me payer l'équivalent d'une journée de production équatoriale, mais je préfère passer ça sous silence.

– C'est bien du Lavazza en réclame que je vois là, en haut de l'étagère ?

– Ouais...

S'il y avait que l'épicerie, encore. Mais j'ai besoin de ces gélules pour requinquer Mistigri, et le pharmacien, c'est le genre sarcastique, le mec qui croit encore que les Noirs ont des grosses joues parce qu'ils soufflent dans des trompettes. C'est pas une honte, pour un homme de science ? Il va m'accueillir encore avec : « Comment y va l'Zoulou ? J'dis ça pour plaisanter, m'sieur Eugène... »

– Qu'est-ce qui lui faut, à m'sieur Eugène ?

– Vous me feriez crédit pour ces machins à la levure vitaminée ?

– Prenez, vous en faites pas, ça va vous donner des couleurs, c'est bien le moins pour un Zoulou ! *(rires)* J'dis ça pour plaisanter, m'sieur Eugène...

– Mon jeune ami, vos largesses à mon égard ne vous autorisent pas à certaines privautés. Vous m'auriez cité, je sais pas, un Sorko ou un Peul à la limite, mais un Zoulou... Vous faites une bévue qui avoisine les 2 000 kilomètres, c'est un peu comme si je vous traitais d'Inuit. Pourtant j'en ai connu un, de Zoulou, et un dangereux, c'est lui qui m'a appris à affûter les...

– Dites, m'sieur Eugène, je dois aller chercher la petite...

Bon, j'ai compris, autant rentrer tout de suite. Plus je m'éloigne de la civilisation et plus je remercie Dieu de m'avoir fait sauvage.

18 heures. J'ai juste le temps de relever mes pièges.

Six mulots et un lapin, je ne suis pas mécontent. Le lapin c'est pour Sultan, elle dépérit cette pauvre bête, je vais lui faire son Noël. Moi, j'ai mes tomates et mon pilpil, je suis habitué. J'ai honte de braconner, je me fais engueuler plus qu'à mon tour, mais si j'avais de quoi leur payer la bouffe j'irais pas jouer les trappeurs, à mon âge. Heureusement que j'ai des bons souvenirs de savane, la technique ça s'oublie pas.

Juste au moment où je m'engageais sur le sentier de la maison, j'ai entendu la détonation. La tête d'un mulot qui gigotait hors de ma besace a explosé, j'en ai reçu des éclaboussures jusque dans l'œil. Calme, droit, je ne me suis pas retourné. Je sais bien d'où ça vient. C'est encore cette petite ordure de Laglaude. Je sens son pas arriver vers moi. Si j'avais dix ans de moins...

– Hé ! vieux con, t'as chassé le casse-croûte ? C'est chez les Nègres que t'as appris à cuisiner les nuisibles ? Je pensais qu'ils bouffaient que les termites. Oh... mais j'avais pas vu ! Un lapin ? On s'embourgeoise ? Et qu'est-ce qui te dit qu'il se serait pas échappé du clapier d'un fermier, hein ?

– Toi le crétin, tu ferais mieux de retourner à tes betteraves. J'ai la sagesse du vieillard, mais on sait jamais, je peux retomber en enfance, ça arrive. Et là je serais bien capable de refaire des bêtises.

– Quel genre ?

– Le genre sagaie dans l'œil, je me défendrais encore bien. Et toi, t'es aussi con qu'une gazelle Thomson mais tu cours moins vite.

Son coup de pied au cul m'a fait valdinguer dans le fossé, j'ai serré les dents pour étrangler un cri, mon nez s'est enfoui dans la vase. Mais j'ai trouvé la force de gueuler :

– Tu l'auras jamais, mon terrain, jeune con. Et moi vivant, tu la construiras jamais, ta raffinerie. Le prends pas pour toi, mais j'ai du diabète. T'imagines toutes ces vapeurs de sucre à longueur d'année ? Tu veux me précipiter dans la tombe... ?

– Tu feras pas le fier longtemps, espèce de gâteux. Tout le monde sait que t'es aux abois, t'es endetté jusqu'au cou, t'as déjà hypothéqué, ta bicoque s'écroule, t'as plus de quoi bouffer. On s'est mis d'accord avec le maire, tu fais chier tout le monde, ici. Ma raffinerie, ça peut faire que du bien à la région.

Je me suis ébroué tant bien que mal de cette boue, mais c'était bien d'humiliation que je dégoulinais. Laglaude a raison sur toute la ligne. Je ne tiendrai plus très longtemps. Et mes bêtes et moi, c'est pas l'hospice qui va nous accueillir.

En passant la petite grille, j'ai vu une bouillie verdâtre à mes pieds. Un saccage dans la bonne humeur, une destruction rageuse et impitoyable.

Il n'avait que quatre ans. Il n'aurait jamais été adulte. Il manquait de soleil et d'eau. Il sentait bon l'utopie et la nostalgie, mon *nigrescens psifera.*

Mistigri m'a fait la fête, Kiki aussi, et Sultan m'a regardé comme une espèce de dieu vivant quand je lui ai livré le lapin. Il n'y a guère que Médor la feignasse qui m'ait royalement ignoré du fond de son panier. Il a ses humeurs. Avant d'aller me coucher, j'ai jeté un dernier œil sur la bicoque. Bon, d'accord, c'est plus le temps de la splendeur, mais ça reste encore assez cosi. Je pourrais vendre un ou deux trophées de chasse, la tête de lion et le jaguar empaillé. Pour tenir, quoi... un mois de plus.

Le jour est vite tombé. J'allume ma bougie. Ça me fait une présence nocturne pendant que les bestiaux dorment. On m'a coupé le jus il y a un an. Je m'en fous. Je vis avec le jour, comme là-bas. J'ai besoin de pas grand-chose. Ma natte pour dormir, un peu de pilpil. Et mes souvenirs. Et j'en ai, des souvenirs. Il n'y a que moi que ça intéresse, mes souvenirs. Je pourrais me refaire une vie entière en les repassant tous un par un.

D'abord, j'ai cru que c'était dans mon rêve. La charge des éléphants sous le tonnerre. Le genre de ramdam à réveiller un Bantou. Le mauvais rêve a continué, dans le halo de la bougie, quand j'ai ouvert les yeux. Une masse informe et tremblotante, avec des tentacules partout. C'est quand elle s'est mise à parler que j'ai eu la trouille.

– Y a bien de la lumière ici, bordel !

Ils sont six. Six bonshommes qui s'agitent dans la pénombre.

– Cherchez pas, on m'a coupé le jus.

Ils se sont repérés au son de ma voix et m'ont entouré en deux secondes, sans faire de bruit. Six canons de fusils-mitrailleurs m'ont cloué sur la natte. Une chance que je sois encore dans un demi-sommeil.

– Hé... on se calme... on se calme... Trouvez pas que vous y allez un peu fort dans le déploiement ? La dernière fois que j'ai vu ça c'était au Nigeria.

– Vous êtes bien Eugène Van Nuys ?

– Oui.

Le gars a poussé un soupir de soulagement. Il y avait comme du bonheur dans ce râle. Et je ne connais personne dans l'hémisphère Nord à qui je pourrais inspirer ça.

– Dites, si vous enleviez vos cagoules on pourrait faire connaissance. Je pourrais même nous préparer un thé sénégalais. C'est un rite qui dure toute la nuit, on en boit sept, et à la fin c'est comme si on était bourré, ça facilite le dialogue.

J'ai vu leurs yeux hébétés se chercher les uns les autres.

– Messieurs, je sais qui vous envoie et pourquoi vous êtes venus. Laglaude me surestime, ça me flatte. Six pétoires pour moi tout seul... Dites-lui que s'il en arrive à ce genre d'arguments, je vais pas lui faire des difficultés longtemps, avec sa raffinerie.

– Mais quelle raffinerie ? Qu'est-ce que c'est que cette connerie ?

– C'est pas Laglaude qui vous envoie ?

– Mais qu'est-ce qu'on en a à foutre, de ta glaude ! On veut que tu nous parles de l'Afrique, nom de Dieu !

Les canons se sont enfoncés dans le gras de mon bide.

– L'Afrique ?

– Ouais.

– Vous voulez que je vous parle de l'Afrique ? Vraiment ?

– Mais puisqu'on te le dit, merde !

J'ai laissé passer une minute de surprise, puis j'ai déblayé les canons des pétoires de mon nombril pour m'asseoir sur la natte. En balayant avec la bougie le cercle qu'ils formaient autour de moi, j'ai compris que ces gars n'étaient pas du coin. Le seul qui parlait avait l'accent bien parigot. J'ai raclé le fond de ma gorge pour me clarifier la voix.

– Ah ça, mes amis, pour ce qui est de l'Afrique vous ne pouviez pas mieux tomber. Je vais me faire un plaisir.

Tout a commencé en 1948 à bord d'une 203 qui m'a lâché en plein Treichville. Quelques natifs rieurs – leurs noms m'échappent – m'ont réparé un carbu agonisant avec quelques incantations de sorcier, un couteau suisse et un peu de graisse de cacahouète. Mais le taxi pourri m'a définitivement lâché dans le Sahara où, je vous le donne en mille, une caravane peule m'a pris en charge pour rejoindre le Mali. Et c'est là que j'ai connu l'amour. Elle était belle et fière comme...

– Hé papa, on n'est pas venus ici pour que tu nous fasses Mogambo. Si tu pouvais passer directement en 52, quand t'étais ingénieur agronome et chef de la division du Palmier à huile.

Ça m'a scié les pattes. À cette seconde précise, j'ai eu l'intime conviction d'avoir affaire à des méchants.

– Je veux bien, mais vous allez rater des bons moments.

Bref, en 52 je m'installe dans la cuvette congo-

laise, je travaille d'arrache-pied dans une palmeraie où brusquement je suis pris d'une frénésie, que dis-je, une espèce de passion pour cet arbre génial. J'apprends tout, je lis tout ce qui a été fait sur la question, deux ans d'études acharnées sur l'établissement et l'entretien d'une palmeraie, en passant par la pathologie et les insectes nuisibles – notamment la terrible Pyrale de l'Elæis qui...

Tout à coup, un tir en rafale a arrosé le toit.

– T'as pas compris, papa. On veut que tu nous parles du bouquin.

– Quel bouquin ?

Il a hurlé :

– Ton *Précis de culture de l'elæis au Congo belge !* Merde ! T'en as écrit beaucoup d'autres ?

J'ai tremblé de peur. Une peur étrange, du reste, qui tenait plus de ses questions que de son fusil. Personne, mais vraiment personne à part moi ne pouvait soupçonner, quarante ans plus tard, que mon *Précis de culture de l'elæis* ait pu exister. Je me demande même comment j'ai osé l'écrire. Bon, d'accord, c'est l'ouvrage de référence mondiale sur la culture du palmier à huile... 282 pages d'une extraordinaire précision sur la seule variété de l'elæis... je suis bien d'accord. Mais quand même, ça ne méritait pas une intervention terroriste.

– J'ai touché très peu de droits d'auteur, vous savez. À l'époque, mon éditeur m'avait envoyé un décompte avec marqué dessus : Ventes nettes : 14.

– On s'en fout !

– Alors qu'est-ce que vous voulez ? Vous avez l'intention d'installer une palmeraie et vous avez besoin de rudiments ?

J'ai senti comme un coup de fatigue chez l'ensemble de mes agresseurs. L'un d'eux, toujours le même, s'est assis, résigné, à mes pieds.

– Van Nuys, je vais être clair. Ça serait trop long à expliquer, mais nous, tout ce qu'on veut, c'est un exemplaire.

– Ah bon ?

– Parce que ta merde... (long soupir), j'en peux plus d'essayer de mettre la main dessus...

Toujours sans rien comprendre, j'ai senti qu'il fallait calmer le jeu et abonder dans son sens.

– D'après un ami, il paraît qu'on en a vendu un, il y a deux ans, dans un Emmaüs de Draguignan, dis-je.

– J'en ai raté un chez un bouquiniste de Pont-Marie, y a encore six mois. Et j'en ai marre. J'en ai même chialé plus d'une fois. Tes éditeurs sont morts, les archives ont brûlé, j'ai écumé toutes les librairies et les bibliothèques de France et de Belgique. J'suis usé. Personne n'a jamais entendu parler de ce bouquin de merde ! Il m'a fallu deux ans avant que je retrouve ta trace, tu piges ? Deux ans pour arriver dans ce trou à la con ! Parce qu'à la longue, j'avais plus qu'à remonter jusqu'à l'auteur lui-même en priant Dieu qu'il en ait encore un. Un auteur a TOUJOURS un exemplaire, t'entends ? TOUJOURS !

Sa seconde rafale a fait s'envoler une vieille chaise en osier qui a fini par s'écraser contre un mur. Un coup de bluff, sans doute, mais j'y ai vu comme un appel à la bonne volonté.

– Calmez-vous, on va voir. Faut dire que j'ai bazardé beaucoup de trucs, j'ai les souvenirs qui partent un par un, une vraie misère... J'en ai peut-être tiré de quoi me payer un bol de soupe, ou des bougies. On peut savoir pourquoi vous y tenez à ce point-là ? En tant qu'auteur, ça me flatte, mais vous comprendrez que ça m'intrigue aussi un peu...

– Fais gaffe, Van Nuys, j'attends depuis trop longtemps. Si tu ne me le sors pas tout de suite, mes potes et moi on va vider nos flingues, et tu sais ce que ça fait 180 pruneaux de 16 mm dans un buffet de grabataire ?

J'ai respiré un grand coup avant de mettre le turbo dans les neurones. Et c'est plus de mon âge.

– Bon, O.K. ! il m'en reste un dans une malle. Pensez bien que je l'aurais jamais bradé. Ce bouquin, c'est peut-être la seule chose dont je sois fier en ce bas monde. Tout un rêve... J'avais même cru, à l'époque, que ça ferait comme un testament éternel, voyez. Manque de chance, c'est moi qui lui ai survécu. Enfin...

Je me suis levé.

– Pour ça, faudrait que je mette un peu plus de lumière. J'ai gardé une goutte de pétrole au fond de ma lampe, pour les grandes occasions, genre veille de Noël. Mais ce soir, c'en est une aussi, pas vrai ?

J'ai deviné des sourires derrière les cagoules. Sereins, ils ont cherché ma silhouette qui slalomait dans la pièce. Je me suis cogné partout, ils ont entendu un fracas de verre cassé, puis une table qui grince, puis le bruit sourd de la grande panière en osier qui a roulé à terre. Ils se sont marrés et m'ont traité de gâteux. En tâtonnant sur l'étagère, j'ai attrapé la lampe et les allumettes.

– Ça vient, les gars. J'ai plus mes jambes, et j'ai plus mes yeux, c'est triste, la vieillesse.

J'ai allumé et poussé la virole à fond pour que la lampe donne son maximum.

Ils m'ont vu enfin, en pleine lumière. Ils ont jeté un œil sur la masure. Je me suis mordu la lèvre en attendant le premier cri.

Un hurlement d'horreur, ça m'a vrillé l'oreille.

Et puis tous les autres ont compris pourquoi le copain hurlait, ils ont tous poussé un cri immonde quand ils ont vu Mistigri, Sultan et Kiki sortir de leur aquarium brisé à terre. Sultan a rampé en une seconde sur la jambe de l'un d'eux, les autres, terrorisés, ont sulfaté dans tous les sens, je me suis planqué pour éviter les balles, mais je n'ai pas perdu une miette du spectacle. Au contraire, j'ai vu mes trois serpents à cornes, effrayés par le bruit et la fureur des hommes, mordre à belles dents des mollets et des jambes hystériques. En haut, pendu à une poutre, j'ai vu Médor, mon superbe python de huit mètres, s'enrouler autour d'un malheureux dont la cage thoracique a craqué plus vite que je ne le pensais. Je le comprends un peu, Médor. Sa dernière chèvre date de l'année dernière, je l'avais empruntée à un paysan mal embouché qui m'avait arnaqué sur un litre de lait.

L'un d'eux a réussi à s'enfuir en poussant des cris d'orfraie dans la lande, j'ai juste eu le temps de maîtriser les bestiaux avant qu'ils ne s'attaquent au dernier survivant évanoui près de la commode. Je lui ai mis quelques baffes pour le réanimer. Par chance, c'était le bon.

– Ça va mieux ? On est plus que tous les deux, maintenant. Remarque, je suis content, parce que pour la première fois depuis longtemps je vais pouvoir aller jusqu'au bout de mes phrases. Mes cérastes sont planqués et le python s'apprête à digérer ton pote, autant dire qu'il va nous foutre la paix pendant six mois. C'est tenace, les souvenirs, et des fois ça mord. Je les ai pas tous vendus, c'est comme ce bouquin. Pourquoi tu le veux ?

– Je peux pas en parler... Vous pourriez me torturer jusqu'à demain matin, je la bouclerais.

– Oh, mais alors là... Ça risque de prendre long.

Parce que j'ai de la patience à revendre, mon gars. Pour te donner une idée, j'attends encore le remboursement des emprunts russes.

Lentement, il a enlevé sa cagoule et s'en est servi pour éponger des trombes de sueur.

– Bon... Pigé... Je m'appelle Bernard Lamprecht, je vis à Paris.

– Lamprecht... Lamprecht... Y a un rapport avec René Lamprecht, le marchand d'armes ?

– C'était mon père.

– Ah bravo... Belle lignée ! Aux dernières nouvelles, il était condamné à mort par Aristide Ier, roi du Gabon, à la suite d'une espèce de coup d'État plus ou moins orchestré par ton père, mais ça nous rajeunit pas. Qu'est-ce qui lui est arrivé ?

– Il a servi de petit déj' à une famille de crocodiles. C'était un matinal, l'Aristide. Faut dire que quand papa s'était tiré ventre à terre du palais royal de Libreville, il a couru avec handicap : six kilos de diamants, sur 700 bornes. On a fini par le coincer vers le Mayumbe, au Congo.

– Mayumbe ? Mais c'est chez moi, ça.

– Tout juste. Il a fait une semaine de taule située tout près d'une palmeraie.

– Je sais, ils l'ont construite après mon départ, en 59. La suite ?

– Les Gabonais ont fini par récupérer le pater. Seulement voilà... Personne n'a jamais su où il avait fourré ces putain de diamants...

Les aventures africaines, c'est toujours passionnant. Mais cette fois, j'ai compris que les miennes, à côté de celle-là c'était du scoutisme. Le môme a sorti un papier plié de sa poche.

– Il savait qu'il allait y passer, le vieux. On lui a permis d'écrire une dernière lettre à sa famille. Lisez vous-même.

Chère Annette, Cher petit Bernard.

Je vis mes dernières heures, je le sens. C'est ça, les métiers à risques. Je suis coupable mais je pars heureux. Mes jours de détention, dans cette geôle du Mayumbe, m'ont fait réaliser bien des choses. Au loin, de ma fenêtre, je vois une palmeraie magnifique où chaque arbre irradie l'horizon de toute sa majesté. Il était là, le sens de la vie, à l'ombre de ces palmiers. Que ne m'en suis-je aperçu plus tôt ! Que de temps perdu à fondre des canons ! Quand tu penses qu'un palmier peut donner des dattes ! Un autre, des noix de coco ! Un autre, de l'huile ! Du chou palmiste ! Mais aussi du raphia ! Du rotin ! De l'ivoire ! Quel chef-d'œuvre végétal ! Comble de bonheur, à l'occasion de cette soudaine révélation, on m'a permis, pour tromper mon ennui, de lire le seul livre égaré dans l'enceinte de la prison (et qui servait jusqu'alors de cale à une armoire). L'extraordinaire Précis de culture de l'elæis au Congo belge, *paru en 54 aux Éditions Agronomiques de la Colonisation, 3 rue d'Ixelles, Bruxelles (Belgique). Autre chef-d'œuvre qui m'a été d'un solide réconfort avant la triste fin qui m'attend. Que de précieux conseils pour l'établissement d'une palmeraie, quelle magie dans la description du cycle de maturité du fruit. Et quelles magnifiques photos reproduites, surtout celle de la page 123, où l'on voit un plan d'ensemble de la palmeraie orientée Sud-Sud Est, et où je suis tombé en extase – le mot n'est pas trop fort – sur le trente-quatrième palmier en partant du bord supérieur gauche de la photo. Pourquoi celui-là plutôt qu'un autre, je ne saurais le dire. Il m'a paru encore plus magnifique et scintillant que ses congénères. Ah, ma bonne Annette, n'oublie jamais cela, et si c'était à refaire, sache que j'aurais creusé la terre jusqu'à l'épuisement pour voir un jour naître et prospérer un arbre pareil. Quand notre enfant sera en âge, je veux qu'il puisse jouir de mes tardives découvertes. Je vous aime. René.*

– Hé ben...

– C'est ce que j'ai dit aussi, la première fois que je l'ai lue, il y a maintenant deux ans, sur le lit de mort de maman.

– Six kilos de diams sous un de mes palmiers... Ça fait un choc, petit. Ton père avait sa part de génie, comme toutes les crapules.

J'ai ouvert la malle et soufflé sur la couverture poussiéreuse du dernier exemplaire connu de mon bouquin. Et j'ai retrouvé, page 123, la photo, puis le palmier en question. Un palmier que j'avais peut-être soigné, un jour. Sûrement, d'ailleurs... Je les ai tous soignés. J'ai retenu une larme.

– Soyez pas chien, m'sieur Van Nuys... Je veux juste le voir, une fois...

Je lui ai montré l'arbre en question. Et immédiatement il s'est mis à chialer comme une Madeleine.

***

Quand on se donne la peine de chercher, on peut quand même trouver une certaine douceur de vivre, dans le coin. Au fond, grand-père a eu raison d'acheter dans le Nord. Je m'en suis aperçu là-bas, au Mayumbe.

Beaucoup de choses avaient changé, les noms, les villes, les routes. Mais pas l'essentiel. Pas la belle Moye, toujours aussi adorable, et qui m'est tombée dans les bras tant d'années plus tard. J'ai vieilli bien plus vite qu'elle, question de climat. On a évoqué le passé en sacrifiant au rite du vin de palme. À moitié ivre, elle a trouvé le courage de me présenter son gosse. En fait de gosse, j'ai vu un superbe métis de 1,85 mètre, âgé de 36 ans. Avec des yeux gris-vert. Exactement les mêmes qui, naguère, faisaient la joie de Moye pendant nos heures tendres.

Je leur ai parlé de mon village, en France, j'ai raconté mon lopin de terre. Le rejeton s'est mis à rêver de montagnes, de gazon et de betteraves. La palmeraie s'était agrandie. Ça m'a fait plaisir de voir que ceux qui s'en occupaient désormais avaient suivi mon enseignement au fil du temps. Je les ai quand même sérieusement repris sur leurs techniques débiles pour lutter contre les *Temnoschoita,* et sur le toilettage avant transplantation des jeunes pousses.

À partir de là, je n'ai plus eu le courage de quitter Moye et le rejeton.

Depuis que je suis rentré, je me suis surtout occupé de la bicoque. J'habite désormais dans une espèce de palais princier, un peu baroque peut-être, une pointe prétentieux, mais on se sent quand même plus au large. Le vivarium est magnifique. C'est le rejeton qui s'en occupe, pendant que Moye passe son temps à lire des magazines de mode et à jouer au billard.

Le député m'adore. Il vient me voir souvent, surtout depuis que je lui ai proposé de financer une bretelle d'autoroute, un musée d'art africain et un parc d'attractions. La seule chose qui m'agace, c'est cet insupportable respect des villageois à mon égard. Je n'arriverai jamais à m'y faire, ils obligent leurs gosses à venir me demander de raconter mes aventures d'Afrique. Les mômes s'en foutent bien, ils veulent juste savoir comment j'ai fait fortune, et je réponds : les palmiers ! Les palmiers ! Et tout le monde y croit.

Sauf peut-être Laglaude qui m'a soupçonné des pires malversations. Il en a fait du ramdam, celui-là... Il a même tenu à venir m'administrer une correction, avec ses frères. Jusqu'à ce que je lui présente un métis de 1,85 mètre qui l'a pendu par les pieds plusieurs heures durant. Tout près d'une marmite gigantesque où frémissait un bouillon aux herbes folles.

Cluedo privé

– Alors comme ça t'es détective privé ?
– Je préfère « enquêteur » privé.
– Quelle différence ?
– Aucune, j'ai l'impression que ça fait moins flic, non ?
– Non.
– Bon...
– Et tu t'occupes de trucs... simples, enfin je veux dire, des histoires conjugales, les pensions alimentaires, les adultères, tu files des maris, des trucs comme ça...
– C'est rare. Tous ces trucs-là, c'est plutôt les États-Unis, tu sais là-bas, ça se marie à tour de bras, ça se trompe encore plus vite, et ça divorce pendant la lune de miel, et les pensions coûtent la peau du cul. Ici on a le consentement mutuel, la France, c'est le pays des mots, on s'arrange, on fait pas de vagues. C'est pour ça que le boulot d'enquêteur n'a pas vraiment de réalité, ici. On n'est pas beaucoup, on fait pas ça longtemps, ou alors faut bien s'implanter, avec du matériel, et des locaux, des employés, de l'informatique. Faut faire de la pub, faut du bouche à oreille, et avant qu'il y ait du bouche à oreille, hein... t'as le temps de dépérir en attendant le coup de fil.

– Et si je te disais, là, brutalement, que je couche avec ta femme ?

– Si c'était vrai je te casserais immédiatement la gueule. Parce que je suis très jaloux et que je fais le coup de poing assez facilement, tu vois.

– On est dans le pays des mots, non ?

– Ouais, c'est bien pour ça que je réagis pas. Et aussi parce que j'ai pas de femme.

– Dommage. Je voulais juste voir ta réaction. Mais sinon, c'est quoi ton ordinaire ? Tu fais comment, pour bouffer ?

– Je m'arrange.

– C'est-à-dire...

– Bah... On se connaît pas assez... Je vais pas te raconter ma vie.

– Mais si, pourquoi pas... C'est tellement rare de discuter avec un privé.

– Tu serais pas un peu journaliste, toi, par hasard ?

– Absolument pas.

– Bon alors, je peux te raconter ma vie sans risquer de la relire dans un canard ?

– Sûr.

– Bon ben... Je vais te dire comment je survis. Tu me croiras pas, mais je te le dis quand même : je joue au Cluedo.

– Pardon ?

– T'as déjà entendu parler du Cluedo, non ?

– Le jeu sur les indices où il faut retrouver l'assassin ?

– Voilà, le colonel Moutarde qui tue monsieur Olive dans la bibliothèque avec le chandelier.

– Madame Blanche avec la cordelette dans la cuisine ?

– Voilà. Un jour j'ai reçu un coup de fil d'une bande d'oisifs extrêmement riches et cinglés de ce jeu. Pour se marrer ils voulaient un détective privé – un supposé pro – pour jouer avec eux, pour deux cents francs de l'heure. Au début j'ai cru à un canular, mais j'y suis allé, pour voir...

– Et alors ?

– J'ai gagné ma journée. Ma nuit, disons, parce que j'avais jamais vu une bande d'acharnés pareille. Mille balles. Bon d'accord, c'est pas le Pérou, mais c'est ce que je gagne en me caillant les miches dans une bagnole pendant deux jours. Et attention, champagne et canapés à volonté. Et puis, ils ont remis ça pas longtemps après, et puis ils m'ont présenté à des amis, une autre bande d'acharnés mondains, y a tout un réseau, et depuis, je fais pratiquement plus que ça. À raison de trois nuits par semaine.

– Tu gagnes tout le temps ?

– Pas besoin de sortir de chez Pinkerton pour piger le truc. Eux, ils pensent refaire le crime parfait à chaque fois, ils font n'importe quoi, je voudrais perdre que je ne saurais pas comment.

– Tu serais pas un peu mytho, par hasard ?

– Si. C'est pour ça que je gagne tout le temps. En fait, mon boulot, c'est pas ça du tout.

– C'est quoi ?

– Tueur à gages.

– Ah... Bon... D'accord...

– C'est pour ça que je suis aussi bon au Cluedo, jamais j'irais buter quelqu'un, surtout un colonel, dans un salon, avec un couteau, pendant qu'il y a monsieur Violet dans la chambre voisine. Le vrai meurtre, celui de la rue, celui du quotidien, disons, il est loin d'être parfait, d'accord, mais il a l'avantage d'être unique. Les circonstances sont toujours différentes. Tu vois, chez nous, en France, il n'est pas rare de voir un tueur discuter un bon quart d'heure avec sa victime.

– Le pays des mots.

– Et qui dit mots dit forcément mensonge. Moi, par exemple, j'arrête pas de te mentir depuis le début.

– Ça, je commence à comprendre. Mais quoi, par exemple ?

– Eh ben, j'ai une femme.

– Ah ouais ?

– Ouais, et je ne suis absolument pas détective privé. J'invente. Tout ce que je sais de ce boulot, c'est de ma femme que je le tiens. Parce que, elle, elle en a fréquenté un, un vrai. Elle voulait me faire filer, elle pensait que je la trompais trois nuits par semaine, l'idiote.

– Et tu faisais quoi, trois nuits par semaine ?

– Je jouais au Cluedo avec des riches oisifs, mais pas en tant qu'enquêteur, tout simplement en tant que tueur. C'est plus fiable, question psychologie du jeu. Et c'est mieux payé.

– Pas mal. Si je racontais tout ça dans un canard on me payerait au moins cinq cents balles du feuillet. Qu'est-ce qui te dit que je ne suis pas journaliste ?

– Je le sais bien, que t'es pas journaliste. Vu que t'es détective privé.

– ... ?

– Et que c'est toi que ma femme a embauché pour me suivre. Mais comme on vit dans le pays des mots, avec ma femme, on se dit tout. Quand je lui ai raconté mon histoire de Cluedo, elle a fondu en larmes, elle s'est excusée de sa suspicion, et elle a fini par me parler de votre liaison. Eh ouais. C'est con. Aucun privé américain n'est assez stupide pour coucher avec une cliente. Détective privé, c'est vraiment pas le bon job, en France.

– Et ton vrai boulot c'est quoi ?

– Tueur à gages. Et je suis jaloux, je te l'ai dit. Maintenant tu te demandes comment tu vas pouvoir sortir du bureau avant que je me saisisse du chandelier qui est à ma droite.

– Oui.

– Bonne question, mais après le bureau y a un vestibule, et y a personne dans tout l'appartement. Chaque assassinat est une grande première. Le Cluedo, c'est tout juste bon pour les riches oisifs. Comment tu t'appelles ?

– Bernard, Bernard Millet.

– Eh oui, personne ne s'appelle Olive, ou Moutarde. Ça ferait bête, sur une pierre tombale.

La nature est conne !

– La nature est conne !

Ce fut d'abord un cri, juste après avoir refermé la revue médicale. Cet article sur la sclérose en plaques m'avait ruiné le moral. Ensuite, c'est devenu un graffiti sur un mur de la cellule. Deux heures passées à gratter la muraille, le point d'exclamation m'a pris plus de dix minutes.

Je n'avais plus que dix-huit mois à tirer. En m'abonnant à *Santé Magazine,* je voulais juste passer le temps. Découvrir les merveilleux rouages du corps humain. Et voilà que, dès le premier numéro, je tombe sur cette horreur de maladie. Le fait qu'une saloperie pareille existe était une insulte, le genre de truc qui vous empêchera à jamais de vivre un matin de bonheur. Si je chopais une merde pareille en sortant de taule, hein ? Ça aura servi à quoi, ces douze ans ?

Heureusement, une dernière chose me donnait la force d'espérer, au fond de ce trou. Marianne, elle s'appelait.

Mon colocataire de Centrale (un briscard qui avait le bronzage zébré à cause des barreaux) avait voulu me mettre en garde :

– Méfie-toi des nanas qui écrivent aux taulards !

– T'es jaloux.

– On rêve, on rêve, et après ? C'est elle qui t'attendra devant la porte ? Et même si elle venait, ta Marianne, t'aurais l'air de quoi dans ton costume démodé, tes trois sous en poche, et tes souvenirs de mitard ?

En attendant ce moment-là, oui, j'ai rêvé. Personne d'autre n'avait répondu à : *Détenu lib. 18 ms cherche correspondante...* Une lettre par semaine pendant dix-huit mois, de quoi remplir un oreiller. J'ai tout avoué, en bloc, dès ma première réponse, je voulais qu'elle sache pourquoi j'étais tombé avant qu'elle ne me le demande. J'avais eu raison puisqu'elle avait trouvé mon histoire, *si romantique, si juste et en même temps si cruelle...* Si des petits bouts de mots pareils ne vous aident pas à tenir le coup avant votre grand retour à la scène, autant rester à l'ombre.

Le vieux m'avait tellement découragé que je n'ai pas osé regarder le trottoir d'en face, le jour de la sortie. J'ai juste entendu mon prénom, quelque part, tout près. Sa robe sans âge valait bien mon costard miteux. Elle m'a demandé de quoi j'avais envie, là, tout de suite. J'ai répondu : la regarder manger.

Elle m'a emmené dans un restaurant et nous avons parlé de catastrophes. Elle adorait les catastrophes naturelles. Une passion dingue. Elle a raconté plein de trucs pas croyables, avec des mots qu'elle lançait comme des feux d'artifice, des choses comme Cataclysme, Cyclone, Tornade, Typhon, Avalanche. Rien qu'à l'écouter je sentais les meubles bouger, le sol s'ouvrir en crevasse et le ciel craquer sur nous. Pour elle, la nature était magnifique quand elle se déchaîne, quitte à en devenir meurtrière. C'était dans mon cœur qu'elle grondait, la tornade. Au détour d'une phrase elle m'a dit adieu, ou un truc définitif dans le genre. Je l'ai retenue par le bras, c'est le moment qu'elle a choisi pour me parler de son mari.

Elle ne m'a pas dit qu'elle partageait le lit d'un tyran. Elle n'a prononcé ni le mot violent, ni le mot jaloux. D'ailleurs, c'était un peu à cause de lui qu'elle m'avait écrit. En voulant faire de l'humour, elle a dit qu'écrire à un taulard était son seul moyen d'évasion. En partant, elle m'a supplié de ne pas lui demander pourquoi elle ne le quittait pas.

Les semaines qui ont suivi, j'ai rayé des bâtonnets par groupes de cinq sur le mur de ma chambre, en attendant.

Nous nous sommes retrouvés, un soir. Moi, flanqué de mon désespoir, et elle d'une grosse marque violette sur la moitié du visage. J'ai compris que dans mes soixante-dix lettres, je n'avais pas assez bien caché mon désir pour elle. Elle n'avait pas assez bien caché les lettres.

Pendant mes années de placard, j'avais juré de ne plus revoir Georges. Dans sa cabane pourrie au fin fond d'une banlieue pourrie, il m'a versé un verre de son schnaps maison qui ne s'était guère amélioré depuis l'époque. Georges a une âme de pusher, il n'a pas pu s'empêcher de sourire en me montrant le calibre. Ce con a tenu à me faire une démo, comme si j'avais oublié comment ça marche. On lisait sur son visage tout son amour pour le métal bleu. « Ça fait du bien de te revoir au boulot », il a dit. Georges fait partie des catastrophes naturelles. J'ai payé cash, cinq mille, pour un P. 38 de troisième main. En taule, on n'a pas conscience de l'inflation.

Il faisait très froid. À tel point que mes mains se seraient engourdies si je n'avais fumé cigarette sur cigarette. Ce n'était pas le moment d'avoir un temps de retard dans l'index. Dès qu'il est sorti de l'immeuble, des trucs me sont revenus en mémoire, comme une seconde nature : les coups d'œil à cent quatre-vingts degrés, l'oreille dressée façon radar, la sensation du pétard dans la ceinture, sans parler de la manière dont j'ai coincé le type dans la ruelle. Le bruit de la détonation m'a précipité douze ans en arrière.

Parce que après tout, j'étais tombé pour un truc assez similaire. Le procureur avait parlé d'un partage de butin qui tourne mal entre deux truands. Mon avocat avait joué le crime passionnel, et il avait plutôt raison. C'était Jeanne qui m'intéressait, et ce salaud de Franck n'avait rien trouvé de mieux que la mettre au tapin. On ne pouvait pas laisser faire ça.

M'enfin... Tout ça, c'est du passé. Aujourd'hui j'ai beaucoup plus de métier, je le sens, je ne commets plus les mêmes erreurs. J'ai tout de suite su que personne ne me chercherait des noises à propos de ce crétin allongé dans la neige. Avant qu'il ne meure, je lui ai dit qu'on n'avait pas le droit de maltraiter une femme qui parle aussi bien des avalanches.

J'ai jeté le flingue dans un égout. C'est juste la voiture qui a eu du mal à démarrer à cause du froid, ensuite elle a patiné dans le verglas. Ah ! quand la nature s'y met !

J'ai trouvé un job de manutentionnaire et un hôtel en face de chez elle. Je la voyais rentrer chaque soir en m'interdisant de lui parler avant qu'elle ne quitte ce regard de veuve et ce foulard noir. Au bout de trois semaines elle portait sa robe à fleurs et riait avec une copine au bas de son immeuble. Elle n'a pas paru surprise quand je l'ai appelée à son bureau. Elle m'a donné rendez-vous, loin, dans une petite auberge hors de la ville. Nous n'avons pas parlé de lui, ni de sa douleur à elle, ni de son avenir. Ni du mien. Je l'ai prise dans mes bras. On s'est embrassés. J'ai cru que ça y était.

Au lieu de s'abandonner, elle a doucement réussi à se dégager de mon étreinte. J'ai eu la curieuse impression qu'elle jaugeait ce baiser, comme si elle cherchait ses mots pour parler d'un vin, sans les trouver. Avant de partir elle a bafouillé :

– Excuse-moi, mais... Tu sais... Ne le prends pas mal... Ces choses-là... On doit pas se forcer... Faut les sentir... faut laisser faire la nature...

J'ai fini par quitter ce job de manutentionnaire. Georges m'a remis sur des petits coups. Chaque soir j'ai relu une lettre de Marianne, et les années se sont écoulées en cycles de soixante-dix jours. Ma préférée reste celle où elle parle de mon geste, *si romantique, si juste, et si cruel à la fois.* Je sais désormais que je ne connaîtrai jamais ce matin de bonheur. Dieu que la nature est conne !

Le seul tatoueur au monde

On m'avait dit qu'il était le seul tatoueur au monde à pouvoir le faire. Qu'on pouvait tout lui demander, le bizarre, le malsain, le mystique, l'impossible, dans les replis du corps les plus improbables et les plus douloureux. Un manuscrit yuan, un portrait de James Joyce, un Hokusai, l'affiche de *L'Ami américain,* une éruption de psoriasis, et une magnifique scène de chasse au tigre des montagnes. Il avait fait tout ça par défi, par amour, pour repousser les limites et se persuader qu'il n'y en avait aucune.

– Je veux ça.

Je lui ai montré le dessin. Longtemps.

– Impossible. Je ne peux pas. Vous m'auriez demandé n'importe quoi, tout, vraiment tout, mais pas ça.

Il m'a prié de sortir. J'ai remballé ma reproduction froissée.

Il m'a rappelé quelques jours plus tard. Quelque chose de malade lui avait assombri la voix.

– Sur l'épaule et pas ailleurs, il faudra trois séances rapprochées, j'ai fait des essais de couleur, vous pouvez venir tout de suite.

Il avait, sur l'avant-bras, cinq rayures jaunes de

tons différents. Il a dit qu'on ne pouvait réellement tester les couleurs que sur la peau. J'ai opté pour celui qui me paraissait le plus fidèle, il m'en a conseillé un autre, j'ai fait confiance. Quatre heures plus tard, je suis reparti avec un pansement et le bruit du dermographe qui grésillait encore dans ma tête.

Durant toute la séance suivante, il a contracté les mâchoires et cligné des yeux, on aurait dit qu'il refoulait la nausée, mais aucun tremblement n'est venu dévier son geste.

– Vous vous sentez mal ?

– Tout ce bleu... Je suis content d'en avoir fini.

On s'est donné rendez-vous pour la dernière séance. J'avais le sentiment qu'il reculait l'échéance.

Deux jours avant, il s'est décommandé en disant qu'il n'était pas prêt. Pendant deux mois, il ne m'a pas donné signe de vie. J'ai essayé de le relancer, il avait quitté son atelier, il avait fui, me laissant seul avec un chromo stupide sur l'épaule, une horreur de ringardise qui n'avait rien à voir avec ce que je désirais. J'avais l'air de quoi, avec ce champ de blé sous le ciel bleu de Provence, encré dans ma peau ? Manquait plus que le couple qui s'embrasse au loin en contre-jour. Est-ce que j'allais vivre toute une vie avec ça, ce truc inabouti qui ne demandait qu'à passer au sublime en y rajoutant juste une touche de noir ? Une nuit, vers quatre heures, il m'a appelé, j'ai d'abord cru qu'il était ivre.

– Venez.

Là encore, il n'a pas failli. Je n'ai pas pu soutenir son regard, comme si c'était lui qui souffrait sous l'aiguille. Il s'est attaqué aux corbeaux avec une rare fascination, une précision morbide. Il a épongé le sang noirâtre qui coulait de la plaie.

J'étais content. Il a soupiré, longuement, comme soulagé. Une autre qualité de silence s'est installée entre nous, pour la première fois j'ai pu voir ce qu'il cachait derrière son masque d'angoisse : l'orgueil face aux défis passés ou à venir, l'étrange sérénité qui suit ou précède une délivrance. Ravi de ce que j'avais sur la peau, j'ai dit, fort :

– Il paraît que Van Gogh s'est suicidé juste après l'avoir peint !

Sans répondre, il s'est lentement retiré dans la cuisine, en haussant les épaules. Avant qu'il ne disparaisse, j'ai senti qu'il était trop tard pour en parler.

Pizza d'Italie

C'est à la nuit tombée que le désir monte en moi jusqu'à en devenir obsédant et souverain. Je bascule de l'autre côté, gouverné par des pulsions en souffrance, tout chavire, il faut que je sorte. Je suis de la race de ces grands fauves qui conçoivent le jour comme une longue léthargie avant la bacchanale. Elle ne s'arrêtera qu'aux premières lueurs. J'ai faim...

Je n'ai plus une seule bonne raison de quitter la place d'Italie.

Seulement vingt mètres à faire pour rejoindre le commissariat, rue Coypel, où les autres sont déjà énervés d'avoir affronté les bouchons et toute une série de petits emmerdements matinaux qui, pour un peu, vous cloueraient au lit.

Un boulevard à traverser pour rejoindre la consultation des maladies tropicales, à la Salpêtrière, et raconter mes petits ennuis gastriques à un spécialiste qui me considère comme un précédent médical. Rapport à cette saloperie que j'ai chopée au Mexique, il y a maintenant trois ans.

Après ce qui m'est arrivé là-bas, j'ai juré de ne plus quitter la métropole. J'ai acheté, vers Biarritz, un petit truc où je me repose en me nourrissant du potager de la ferme voisine. Le train pour Biarritz n'est pas loin non plus, à Austerlitz. C'est sûrement ce qui m'a poussé à ne pas acheter en Bretagne.

Si je remonte à plus loin, je dirais que mes deux années de droit, j'ai préféré les faire à Tolbiac, même si tout le monde disait que rien ne valait Assas. Tout ça pour dire que si je suis né à la Butte-aux-Cailles, ce n'est sûrement pas un hasard.

Je ne sais toujours pas pourquoi j'ai fait cette escapade au Mexique. Et je n'ai pas fini de la payer. La maladie que j'ai dans les tripes et qui porte un nom invraisemblable est totalement incurable. Pas mortelle, d'accord, mais on vit à jamais avec un ennemi dans le ventre qui vous mord à la première goutte d'huile. Ce serait comme une espèce de fœtus démoniaque qui vous habite jusqu'à la mort et dont la seule activité quotidienne est d'annexer l'estomac pour faire de la place.

– Café, Largilière ?

– Non merci, patron.

Il va savourer son double-express bien serré, sous mes yeux. Le patron n'a pas encore compris à quel point le café est un liquide gras pour mon intérieur. Personne ne s'en doute, personne ne me prend au sérieux. Tout le monde pense, dans ce commissariat, que je mange du riz complet par conviction ésotérique.

– On n'a jamais vu un flic aussi casanier que vous, Largilière. J'ai une affaire en or à vous proposer. Je suppose que ça ne vous effraie pas de tourner en orbite autour de la place d'Italie pendant les semaines à venir ?

– Non.

Je n'ai même pas besoin de tourner autour, vu que je la surplombe de mon quatrième étage. Dès le réveil, je vérifie qu'elle est toujours là.

– Dites, Largilière, est-ce que vous vous êtes déjà fait servir une pizza à domicile ? Vous savez, ces boîtes où on téléphone et qui livrent en trente minutes.

Si je connais ? C'est la grande folie des collègues. Donc forcément ma hantise. Ces cons-là sont pendus au téléphone dès onze heures, qu'ils tapent un rapport, interrogent un client ou attendent la relève, on ne peut plus les croiser sans un triangle visqueux et nauséabond qui leur glisse des lèvres. Ça change du sandwich et de la Kro, ils disent. Tous, ils ont boycotté le café d'en bas, et depuis ça pue le gratin de mozzarella et le pepperoni gluant. Avant ils faisaient gaffe en me voyant ; maintenant je retrouve des étuis en carton jusque dans ma corbeille d'où émanent d'atroces remugles. La semaine dernière j'ai cru vomir en ouvrant un tiroir. Le patron sait tout ça, mais ne perd jamais une occasion de me taquiner.

– Mercredi matin on retrouve le cadavre d'un livreur de pizzas dans le petit square de la place d'Italie, au bord de la pièce d'eau.

– Vous voulez dire *dans* la place ?

– Oui, ces gars-là conduisent comme des dingues pour livrer à temps, sinon ils sont pénalisés. Au début on a pensé que le môme avait pris le trottoir pour griller les feux, qu'il s'était foutu la gueule par terre et qu'il était tombé foudroyé, dans le square, d'une commotion cérébrale.

– Et alors ?

– Et alors la thèse de l'accident est parfaitement exclue depuis ce matin. On a retrouvé un second cadavre de livreur, rue Bobillot, pas loin de sa mobylette, toujours sans la moindre contusion apparente. On attend les résultats du légiste dans la matinée. Une copie des rapports est sur votre bureau, vous passez me voir ce soir.

Il est parti en trombe sans finir son café dont les senteurs exotiques m'ont agréablement agacé les narines.

Les gars du bureau se seraient passé le mot, ça ne m'aurait pas étonné plus que ça ; dès que je suis sorti de chez le patron, l'hystérie avait gagné les collègues :

– Hé Dédé, tu la veux à quoi, ce matin ?

– Double fromage, avec un côté oignon et un côté chorizo.

– Et moi, câpres et anchois, dis-leur de pas oublier l'huile piquante.

Durieux, qui passait les commandes au téléphone, n'a pas eu la décence de baisser d'un ton quand il m'a vu. Pour lui, je suis un handicapé du bide. Le pauvre type qu'a pas droit au bonheur prandial. J'ai failli lui dire que ses pizzas, elles arriveraient peut-être jamais, vu la malédiction qui s'abat sur les livreurs.

Il a fallu laisser passer le coup de feu de midi avant qu'un responsable de chez *Rapid'za,* rue de Tolbiac, ne daigne me répondre. Pour patienter, j'ai fait un saut, quai de la Rapée, à l'institut médico-légal. À chaque fois que j'y vais, je me félicite de le savoir si proche, avec juste le pont d'Austerlitz à traverser.

– Rien pour l'instant, Largilière.

– Vous aviez promis dans la matinée...

– Qu'est-ce que vous voulez que je vous dise ? Arrêt du cœur ? Ça vous suffira ? Non ? Alors laissez-moi bosser, parce que des motocyclistes dans la force de l'âge qui n'ont pas une seule ecchymose, pas la moindre petite plaie, rien du tout, c'est pas vraiment des cadeaux. Repassez dans la soirée.

– On peut les voir ?

Ça étonne toujours le légiste, quand je demande

ça ; parce que les autres, ça leur coupe la faim. Quand ils voient des abats, des viscères, ils font des associations avec des trucs en sauce, ça leur donne la nausée. Moi, je suis toujours curieux de savoir ce que les gens ont dans le ventre. Peut-être pour comprendre ce qui déconne dans le mien.

En remontant le boulevard, j'ai relu les rapports en m'appuyant parfois aux pylônes du métro aérien qui grondait au-dessus de ma tête. La première victime travaillait chez *Rapid'za,* la seconde pour *Pizza 30'.* Les deux boîtes sont voisines et couvrent le même territoire, tout le treizième et une petite partie du cinquième. Évidemment, la première hypothèse qui m'a traversé l'esprit, c'est la guerre des gangs. La conquête du monopole de la pizza qui a dégénéré. On n'a rien vu de tel depuis la prohibition, j'ai pensé.

Quinze mobylettes garées devant chez *Rapid'za,* toutes équipées d'un petit coffret antichoc isotherme. Des gars en combinaison rouge s'essuient le front sans enlever leur casque. Le chef de secteur m'a emmené dans un recoin discret quand j'ai montré ma carte de flic.

– Je ne tiens plus mes gars, depuis cette histoire...

– Vous avez des ennemis ? *Pizza 30' ?*

– C'est des concurrents, d'accord, mais y a de la place pour tout le monde. C'est vrai qu'on fait des meilleurs chiffres que *Fissa Couscous,* et *Speed Burger,* mais c'est pas une raison. *China Express* marche bien aussi, mais les gens préfèrent la pizza, qu'est-ce que vous voulez...

– Personne n'aurait intérêt à vous couler ?

– Si. Cherchez pas du côté de la restauration à domicile, inspecteur. Regardez plutôt vers les sédentaires, si je suis bien clair... Les pizzérias.

Rien que sur les Gobelins, y en a déjà une bonne dizaine qui pleurent misère depuis qu'on s'est implantés...

Un gosse nous a débusqués. Il venait de se faire engueuler par un client à cause d'une erreur de garniture. J'ai repensé à ses deux collègues étendus dans le frigo. En voyant qu'il me filait discrètement, j'ai fait quelques pas vers le boulevard de la Gare. Il n'a osé m'accoster qu'à Chevaleret.

– Hep, inspecteur, je voulais juste vous dire qu'on s'est tous mobilisés pour retrouver ce salaud-là. Vous pouvez compter sur nous. On bouge vite.

– Un peu trop vite, même. Vous n'imaginez pas le nombre de plaintes qu'on reçoit chaque jour à cause de vous. Les piétons, les automobilistes...

– Trente minutes, inspecteur ! Vous croyez qu'on a le temps de faire un constat ? C'est pas notre faute... Vous savez en combien de temps refroidit une pizza ?

– Ça vaut la peine de risquer sa vie ?

Son œil s'est mis à pétiller, un sourire pervers l'a fait vieillir de dix ans.

– Oui. Ça vaut la peine... Vous savez, je suis bardé de diplômes, et j'ai tout largué pour ce foutu job... C'est pire qu'une dope. Nous sommes les seigneurs de la route. Je ne connais rien de meilleur que de livrer une minute avant l'expiration du délai. Chaque course se présente comme un défi, chaque pizza tiède comme une défaite. Et les deux livreurs morts sont nos premiers martyrs...

Il a regardé sa montre.

– Bon, faut que je fonce. J'ai encore sept minutes pour le 3, rue de Patay. On l'aura, ce salaud, inspecteur. Avec ou sans vous.

Il a fait hurler sa bécane et l'a cabrée pour faire

demi-tour. En trente secondes, il n'était plus qu'un petit point rouge slalomant entre les klaxons.

C'est l'heure... L'heure où le monde se partage en proies et en prédateurs. Avant même la faim, c'est l'instinct du chasseur qui fait réagir le reptile. J'ai vérifié mon arme une dernière fois avant de sortir. Je retrouve le bruit et l'odeur du dehors, la nuit n'en finit plus de tomber. Mes proies favorites s'affolent et se bousculent déjà, toutes plus sauvages et fébriles. Véloces, ces petites folles... Il ne suffit pas de les guetter, de les repérer aux endroits stratégiques où elles consentent à figer, un instant, leur course. Si je rate cette seconde-là, il me faudra les cueillir dans leur élan, calculer leur trajectoire en fonction de la vitesse de mes projectiles. Pas faciles à traquer, les garces... Elles sont folles, imprévisibles, et capables de réactions inconsidérées qui bravent la plus élémentaire logique. Il faut compter avec ça. Je me poste à l'endroit habituel, là où elles aiment bifurquer avant de virer vers leur destination définitive.

On m'a fourni les adresses des dernières commandes des deux victimes. Le premier a été abattu avant de livrer au 12, rue Croulebarbe, à 22 heures 15, dernière limite. Le second allait déposer sa pizza au 6, boulevard Arago, quand il a reçu le coup fatal, le lendemain même heure. Les deux avaient leur fric en poche quand on les a retrouvés. Dans la soirée, je suis repassé au commissariat. Le patron était déjà parti. En revanche, le légiste tenait absolument à me voir, quelle que soit l'heure. J'ai foncé à l'institut où il m'attendait devant une salade niçoise qu'un de ces gars en mobylette venait juste de lui livrer.

– Ça vaut quoi, les salades à domicile ?

– C'est la première fois que j'essaie. J'aurais préféré me la faire moi-même si je n'étais pas bloqué ici à vous attendre, Largilière. J'en ai pris une double, ça vous tente ?

Avec plaisir, la seule chose que j'ai ingurgitée aujourd'hui étant un petit bol de carottes râpées chez un traiteur chinois. Il m'a installé devant un petit set en plastique et a partagé équitablement les poivrons. Je lui ai laissé le thon et les oignons.

– Dites, inspecteur, vous avez déjà entendu parler du curare ?

– Le poison paralysant ?

– Oui, celui des Indiens d'Amazonie. À certaines doses on en tire des anesthésiants. Eh bien, imaginez un poison qui soit vingt fois plus violent que le curare. Paralysie du cœur en deux secondes.

– Ça existe ?

– Oui, ça s'appelle la tétratoxine. On l'extrait d'un poisson japonais appelé *fugu* et dont l'importation est totalement interdite en France. Les Japs en sont fous.

Il dit ça à un type qui a déjà du mal à digérer la sole en papillotes.

– Mais le poison que j'ai prélevé chez les deux jeunes est un pur produit de synthèse. Je ne savais pas qu'on en fabriquait.

– L'arme du crime ?

– Piqûre. Une sarbacane, je pense. Je n'ai pas retrouvé les aiguilles.

– Vous plaisantez ou quoi ?

Il s'est marré.

– Pour vous, c'est du gâteau, inspecteur ! Le tueur ne peut être qu'un chasseur jivaro doublé d'un redoutable chimiste. Ça doit pas courir les rues, dans le treizième arrondissement...

Je l'ai quitté et suis rentré chez moi tout en

sachant que le sommeil ne viendrait pas vite. J'ai vu un livreur en rouge débouler dans la contre-allée réservée aux bus. Après ce que venait de me dire le légiste, je n'ai pas pu m'empêcher de le prendre pour une cible mouvante. Évidente. Tentante. L'idée du chasseur m'est revenue en mémoire. En la regardant de ma fenêtre, la place d'Italie m'est apparue comme une jungle touffue toute pleine de dangers exotiques, et j'ai eu la certitude qu'il allait remettre ça très vite.

L'oasis est déserte, comme tous les soirs... Je trempe mon visage dans l'eau et attends un instant que la douceur du soir vienne le sécher... Posté plein sud : c'est par là qu'elles arrivent, il suffit d'attendre. Personne ne peut me voir derrière les buissons qui cachent la place entière à tous ceux qui la contournent. J'aime ce poste d'observation. Hier, pas plus de dix minutes pour en voir surgir une, bien rouge, vrombissante et sauvage. Mes proies se partagent en deux espèces, les rouges et les vertes. Les rouges sont en général bien meilleures. L'avantage, c'est qu'on les repère de loin, ces petites imprudentes... J'ai faim.

Tiens, qu'est-ce que je disais... En voilà une...

– Réveillez-vous, Largilière. Approchez-vous de votre balcon.

Le patron a raccroché tout de suite. J'ai obéi sans comprendre. En bas, dans la pénombre, j'ai vu des gyrophares, des blouses, et le patron, le nez en l'air, me faisant signe de descendre d'un petit geste méprisant. À demi inconscient, j'ai pris la peine de m'habiller. J'ai oublié les pantoufles, et le patron a fait semblant de rien. Le corps du gosse émergeait d'un buisson, le visage fracassé et encore sanguinolent.

– Il a changé de méthode, il a dit. On a affaire à un sadique. Regardez-moi ce travail...

– Non, c'est pas le genre du chasseur. Le môme a dû se blesser dans la chute après avoir reçu l'aiguille.

– Dites donc, Largilière... Vous dormez debout ? À moins que vous me cachiez un certain nombre d'éléments.

– Curare. Le légiste devait vous faire parvenir le rapport.

– Vous vous prenez pour Tintin, Largilière ? Un psychopathe que vous êtes chargé de me trouver vient de buter quelqu'un sous vos fenêtres pendant que vous dormiez, et tout ce que vous savez dire, c'est : curare. C'est votre estomac qui vous monte à la tête ?

L'idée m'est venue juste quand il a dit ça.

– Est-ce qu'on a retrouvé la pizza ?

– Hein ?

– La pizza... Il l'avait livrée ou pas ?

– Oui, on a vérifié, il rentrait chez *Rapid'za* pour rendre sa caisse. Vous avez une idée, Largilière ?

L'ambulance a emmené le corps.

– Non, pas pour l'instant... Mais on a tout intérêt à patrouiller dans le secteur le reste de la nuit...

Il allait me demander pourquoi, quand un appel radio l'a interrompu. On venait de retrouver le corps d'un gosse de chez *Pizza 30',* à deux pas du square Jeanne-d'Arc.

Il est tard. Il faut que je rentre. Le contretemps de ce début de soirée n'a fait qu'enflammer mon appétit. Il est rare que je me trompe, je sais bien faire la différence entre les vides et les pleines... Mais pour celle-là, j'aurais pourtant juré... Son orientation, sa vitesse... Je n'aime pas tuer inutilement. Demain je ferai plus attention.

– Ce n'est pas un assassin, patron. C'est juste un gars qui tue pour se nourrir.

Le patron m'a flanqué d'un coéquipier. Le genre de gars qui bouffe des frites dans la voiture et qui me prend pour un cave quand je commande un Perrier. Moi aussi j'aimerais boire du dur, certains soirs.

– Je ne comprends pas ce que vous dites, Largilière.

Moi non plus. Mais je ne peux plus me défaire de cette idée. Les intuitions de flic, c'est comme les blagues, faut être sûr de la chute sinon on fait un flop. Et pour l'instant, tout ça ressemble à une blague. Devant mes hésitations, l'inspecteur Durieux a décidé de prendre les choses en main.

– Laissez-moi une semaine et je vous le retrouve, vot' dingue.

J'imagine ses méthodes, trente flics en faction autour de la place d'Italie après 22 heures, quatre fusils à lunette perchés sur les toits et quelques grenades quadrillées au cas où. Ce serait le fantasme de sa carrière, faire exploser la tête d'un vrai serial killer comme on n'en rencontre jamais dans une vie de flic. Un rêve.

– On a affaire à un chasseur, j'ai dit, c'est pas plus compliqué. S'il a récidivé, la nuit dernière, c'est que sa première victime rentrait à vide. Vous ne soupçonnez pas ce dont est capable un gars qui pense avec son estomac.

Le patron et Durieux se sont regardés. J'ai senti un glissement. Une petite fissure qui ne demandait qu'à s'ouvrir en crevasse. J'ai pourtant insisté.

– Réfléchissez avant de sortir la cavalerie. Qu'est-ce que fait un chasseur quand on balise son territoire ? Il l'agrandit, il s'exile. On a tout intérêt à le garder parmi nous.

Ça ne les a pas convaincus, surtout le patron, qui a dit, gêné :

– Largilière... L'inspecteur Durieux a une piste sérieuse. Il préfère travailler avec son équipier habituel, qui vient juste de rentrer de vacances. Si vous en profitiez pour en prendre un peu. Quelques jours.

J'ai haussé les épaules.

Les petites friandises se font plus rares depuis que j'ai dû quitter mon vivier, mais qu'importe... J'en ai trouvé tant d'autres. Je viens d'en rater deux, un peu trop exposées, et trop lentes pour avoir encore leur précieux nectar. Depuis que je ne peux plus me fier à leur direction, il ne me reste que leur vitesse et les risques qu'elles prennent, pour déterminer si elles sortent ou rentrent au nid.

Tiens, la voilà, une belle verte... Elle va s'arrêter un petit instant, je le devine à son vrombissement qui décroît à mesure qu'elle se rapproche de moi. J'ajuste le tir... Je vise dans le vert... Au petit bonheur.

Arrive le moment le plus délicieux. La découverte... La surprise... Regardez-moi ça ! Une vraie fête ! Bien chaude... Une méga quatre/cinq personnes avec huit garnitures : olives, bœuf épicé, thon, champignons, anchois, câpres, fruits de mer, et ce que je préfère par-dessus tout : double mozzarella. On n'en rencontre pas tous les jours, des comme ça... C'est le rêve doré de tout chasseur de pizza... Un trophée... Je ne sais plus par quel bout l'entamer... C'est la récompense de toutes ces soirées de veille, de mes longues marches nocturnes avec la faim au ventre, de mes heures d'immobilité, d'attente et d'espoir. Ma solitude. C'est dans ces moments de grâce que je me rends hommage pour tous les risques encourus.

Non, je n'ai pas eu le cœur de partir à Biarritz. Malgré les encouragements unanimes de la maison. Depuis huit jours, Durieux et son pote ont pris les choses en main. Je les regarde s'égarer, de loin. On a retrouvé des cadavres de livreurs un peu partout dans Paris, square Montholon, parc Montsouris, jardin du Palais-Royal. Il change de quartier tous les soirs. Jamais on ne retrouve la pizza. Mais ça, tout le monde s'en fout. Durieux est sûr de sa piste, il refuse de m'en parler et me renvoie à mes rapports et à toutes les paperasses qu'on veut bien me laisser, pour m'occuper. Durieux ne dort plus. Durieux ne mange plus de pizza. Le patron a fermé les yeux sur la milice que les livreurs ont formée. Ils organisent des chasses à l'homme en jouant avec leur roulement. Les mômes sont dans le vrai. Même s'ils n'arriveront jamais à rien.

Je m'apprêtais à soigner ma maladie avec un Tupperware de concombres quand Durieux et son pote sont entrés dans le commissariat en bousculant ce drôle de petit bonhomme qui claudiquait avec le plus mauvais déhanchement qu'il m'ait été donné de voir. Ils l'ont fait asseoir de force en face de moi, sans enlever les menottes qui le forçaient à cambrer le dos et rendaient sa silhouette encore plus difforme.

– Largilière ! Tu prends sa déposition pendant qu'on le cuisine, a ri Durieux. On n'a pas les mains libres.

J'ai obéi. Intrigué. Et n'ai pas eu à attendre longtemps, le pauvre gars a avoué tout de suite. Il a tout balancé, d'un coup, en commençant par le début.

L'accident.

L'avenue des Gobelins qu'il traversait, il y a deux mois, la mobylette qui surgit à contresens, le clash, le gars en combinaison rouge qui s'est sauvé en le laissant gémir à terre, l'hôpital, l'opération, la convalescence où il a appris à marcher autrement. Et tout le reste, le désir de vengeance, les livreurs qu'il a traqués, le soir, une batte de baseball en main. Jusqu'à ce que la nouvelle milice de chez *Rapid'za* le retrouve cet après-midi en train de s'acharner sur l'un des leurs.

Je continuais à taper les soi-disant aveux sans perdre des yeux Durieux, qui arborait son sourire stupide. Le seul qu'on lui connaisse.

– Mon pauvre Durieux, va... Il est beau, ton psychokiller... Demande-lui combien il en a tué...

L'éclopé a relevé la tête d'un coup.

– ... Tué... ?

Hier j'ai eu la plus grande surprise de la semaine : la pizza aux quatre fromages. Gorgonzola, parmesan, provolone, mozzarella. Le hasard... Ça m'a consolé de celle de la veille, avec juste de la tomate et un œuf dessus. Une misère... Ça fait partie des lois, on ne sait jamais sur quoi on va tomber, cela rend la chasse encore plus passionnante.

Le suspect était sous les verrous depuis deux heures seulement quand le chasseur a remis ça. Le patron m'a fait venir dans son bureau. Seul.

– Je suis dans la panade, Largilière. On s'inquiète, en haut lieu... C'est le chasseur ou moi.

– Autrement dit ?

– Vous avez carte blanche. Mais faites vite.

– Vous débarquez Durieux et ses cow-boys. Et vous arrêtez de patrouiller sur la place d'Italie dès ce soir. Il faut aussi négocier avec la direction de *Rapid'za* et ses concurrents pour qu'ils suspendent pendant trois jours toute activité, hormis dans le treizième arrondissement.

– Je m'en occupe.

Je suis rentré chez moi pour n'en sortir que le lendemain à la tombée du jour.

Pour piéger un chasseur, il faut une proie. Je ne me sentais pas le courage de chevaucher une mobylette en combinaison rouge en attendant de recevoir un dard dans l'oreille. J'ai passé la soirée rivé à ma fenêtre en sachant que le chasseur de pizzas ne se hasarderait pas dans le quartier avant le lendemain. Il allait bien devoir revenir ici, là, en bas, dans cette pizza géante qui annonce l'Italie.

J'ai marché longtemps, partout, fou de rage et de faim. Pour rentrer bredouille, humilié, avec une crampe à l'estomac, une douleur inconnue et tenace. J'ai bien failli ressortir pour capturer n'importe quoi, un hamburger, une salade, mais à force de volonté j'ai su résister à ces indignes déviances. Comment aurais-je pu me douter d'une telle migration ? Sélection naturelle des espèces ? Exode ? Tout marchait si bien il y a quelques jours encore. La faim m'empêche d'y voir clair.

22 h 30. Les consignes ont été respectées, pas le moindre flic autour de moi, pas même de clodo pour venir me déranger dans les préparatifs. Je suis seul, enfin, avec mon barda étalé près du jet d'eau. La bouteille de gaz que j'ai reliée au petit four qui traînait dans la cave d'un voisin de palier.

Qu'est-ce que c'est, une pizza ? Rien de plus qu'une couche de pâte qu'on essaie de rendre à peu près circulaire, avec, par-dessus, un mélange de trucs disparates jetés sans ordre précis en commençant par la sauce et en terminant par le fromage. Une espèce de tartine garnie et gratinée. Et pour ça, on peut tuer...

Ce soir il a bien fallu que je me rabatte dans mes quartiers. J'ai trop faim pour imaginer une stratégie, la première qui passe sera pour moi, quitte à pister à découvert. On ne m'empêchera plus longtemps de...

Cette odeur... ?

Elle vient de la pièce d'eau...

Bon d'accord, je n'y suis pas allé de main morte sur la garniture. J'ai voulu mettre toutes les chances de mon côté. Des bouts de choses, immondes... grasses et obscènes : des tranches de chorizo, des morceaux de merguez, des pepperonis, de la viande hachée, avec du jambon et un tas d'autres garnitures. Une bonne nappe d'huile, sans oublier le fromage qui scelle le tout sous une toile d'araignée blanchâtre. Vu la taille du four, je n'ai pu en faire une aussi grosse que j'aurais voulu. Mais la mienne vaut bien toutes celles qui garnissent les terrasses de l'avenue des Gobelins.

Brusquement, ça s'est mis à sentir l'Italie, même si je n'y suis jamais allé. J'ai eu l'impression que la soirée allait s'éterniser et que l'été serait chaud. Quelque chose s'est passé dans mon estomac, un phénomène inconnu que je n'ai pas eu le temps de fouiller, à cause de cette présence que j'ai sentie dans mon dos. Je n'ai pas vraiment eu peur, j'ai juste levé les yeux de ma pizza pour les laisser traîner par-dessus mon épaule. J'ai cherché quelque chose à dire pour donner le change et n'ai trouvé que :

– Bonsoir...

Il n'a pas répondu et s'est juste déplacé pour me voir de face. L'image du chasseur était si bien ancrée en moi que je m'attendais à trouver un gros bonhomme en treillis beige avec un Stetson à large bord et tout un arsenal autour de la ceinture. Je n'ai vu qu'une silhouette chafouine engoncée dans une veste bleue et un jean un peu dégueulasse. Je lui aurais dit de passer son chemin s'il n'avait eu ce regard éberlué et ardent à la fois, hésitant entre la pizza et moi. J'ai répété mon bonsoir, il a maintenu son silence. Il fallait que je parle.

– Vous aimez la pizza... ? Ça vous dirait de la partager avec moi... ? Je sais qu'on en trouve partout, de nos jours... Dans les restaurants, dans les supermarchés...

Depuis le début j'avais l'intime conviction qu'il ne me tuerait pas si je la lui servais sur un plateau.

Conviction qui s'est sérieusement émoussée quand il a sorti ce petit cylindre dans lequel il a introduit avec méthode une invisible et vénéneuse petite chose. Il l'a pointée vers moi. L'odeur de la pizza semblait lui procurer un étrange bonheur physique.

– Nous n'allons pas la partager, il a dit. Je sais ce que c'est... La faim... La vraie faim... Allez... Mangez...

Je n'ai pas compris tout de suite. En tremblant, j'ai sorti la pizza qui crépitait de partout, brûlante, rouge, blanche et brune, ruisselante de graisse, chargée d'épices et de senteurs oubliées depuis des lustres. Quand mes doigts ont détaché un morceau, quelques gouttes d'huile ont glissé sur ma chemise. J'ai réprimé un haut-le-cœur.

En fermant les yeux j'ai mordu dans la pâte chaude et tendre, le sel d'un anchois m'a piqué le palais. En mâchant un peu j'ai goûté à une explosion de saveurs insoupçonnables et riches, offertes à mes papilles qui semblaient renaître à chaque bouchée. La faim... J'ai eu faim de tout ça, une faim pornographique, j'ai avalé avec violence et bonheur en craignant de ne pouvoir assouvir cette jouissance jusqu'au bout.

Le chasseur a baissé sa sarbacane et m'a regardé d'un air complice.

– C'est bien, hein ?

– Oui, j'ai dit.

Mais juste à cette seconde j'ai senti une contraction au plus profond de mon estomac. Les choses sont devenues moins nettes. J'ai cligné des yeux...

J'ai pourtant vu cette horde de gosses, toutes ces silhouettes rouges et vertes nous entourer en quelques secondes. Le chasseur n'a pas eu le temps de réagir et a disparu sous la meute en hurlant à l'agonie.

Et moi, j'ai revu en un flash tout ce que j'avais oublié. J'ai fait le tour de la place, des yeux, en souriant.

Puis j'ai titubé vers le jet d'eau pour tenter d'éteindre le feu dans mes tripes.

Rouge paradis

On y est.

Quand je dis on, c'est façon de parler, parce que j'ai préféré qu'ils sortent de la pièce. Et là où je vais, personne n'aura envie de me suivre.

Mais je dis on quand même, parce qu'on y a tous pensé et qu'on y passera tous.

Pourquoi je croise les mains sur ma poitrine ? Sais pas. C'est reposant. Je suis athée, c'est pas la question. Enfin si, ça pourrait l'être, parce qu'on a beau se dire qu'on n'a pas d'âme, qu'on est des raisonnables, des darwinistes, qu'on a goûté à tous les opiums sauf celui du peuple, que notre petit minois servira de terrain vague au grand jamboree des asticots, on pense quand même, dans le lit, à ce qui va se passer *après.*

Je regrette, mais c'est comme ça.

Je ne regrette rien, d'ailleurs. C'est ce que j'aurais dit au grand tribunal du Très-Haut, si on m'avait invité à comparaître, au cas où. J'ai pas été ingrat avec mes parents, j'ai pas fait souffrir la femme avec qui j'ai fait ce gros bout de route, j'ai essayé d'élever les mômes du mieux que je pouvais. J'ai volé personne, je crois, ou bien des choses pas graves.

Bon, c'est le moment ou jamais d'être honnête, dans ce lit, et de ne pas rater mes dernières pensées. Faut pas me faire plus saint que je suis. Des conneries, j'en ai fait. Voilà peut-être ce qui me vaudra le rougeoiement des flammes, l'incarnat des damnés, les joues carminées des diablotins qui me mordront les orteils dans une touffeur sardonique et écarlate. Du rouge partout. Et quitte à ce que toute cette bimbeloterie métaphysique soit vraie, j'aurais préféré le bleu. L'Azur... Le Céleste. Pourquoi j'y aurais pas droit, après tout ?

Bah... Tout ça, c'est de la mauvaise foi de vieillard capricieux, je sais. Et qu'a un peu la trouille, faut le reconnaître.

***

Et merde...

Le rouge.

On peut dire que je l'avais pas vraiment joué, mais je l'ai bel et bien gagné. Merde... Mais qu'est-ce que j'ai fait pour finir dans une rôtisserie...

Ils en mettent vraiment partout. Pour l'instant, c'est étrangement vide, mais je suppose qu'ils ont dépêché quelqu'un pour m'accueillir.

C'est le moment de se souvenir de ce que racontait le vieux, au caté. J'aurais mieux fait de sécher l'instruction civique, tiens. Normalement une espèce de créature cornue devrait me conduire vers ma brochette. Un ange de l'enfer, comme disait mon petit dernier. Avec ce qu'il écoute comme hard rock, à quatorze ans, il est déjà bien préparé à ça.

On entre...

Il ressemble vraiment au poster du gosse, mon Hell's Angel...

Il me tend la main.

– Bonjour, je m'appelle Engels. Friedrich Engels.

Je tends la main aussi. Qu'est-ce que je peux faire d'autre, hein ?

– Vous y êtes, il me fait.

– En enfer ?

J'ai dû dire une connerie, parce que là, il n'apprécie pas, mais alors pas du tout.

– Mais non... Au paradis, voyons !

– Ah... ?

– Au paradis des camarades et des travailleurs. L'enfer, c'est l'étage en dessous, le bleu libéral, le bleu roi, le bleu des profiteurs, des tyrans, des affameurs, des capitalistes. Vous avez bien fait de sécher le caté !

J'ai envie de lui poser une question : le Dieu du paradis est-il effectivement barbu ? Mais je n'ose pas.

– Mais osez, osez ! Bien sûr qu'il est barbu ! Le Grand Barbu. Et d'ailleurs, à sa droite et à sa gauche, il y a aussi des barbus. Vous n'avez jamais remarqué la ressemblance entre Karl Marx et son portrait de la chapelle Sixtine ? Michel-Ange était vraiment un type inspiré.

– Et ça dure depuis longtemps, cette histoire ?

– Depuis la nuit des temps. Je vous la fais brève : Dieu a laissé choisir l'homme, dès sa création. Et l'homme a choisi la féodalité. Et Dieu a envoyé son fils sur terre pour leur porter la parole et les Écritures. Le truc qui finit par *Prolétaires de tous les pays,* etc., vous avez entendu parler ?

Oui, on peut dire que je connais. J'avais même essayé de le faire lire à mes gosses, comme ça, pour qu'ils comprennent combien la paye était dure à gagner, en ce bas monde. À la suite de quoi l'aîné a pris sa carte au fan club de *Black Sabbath*.

Bon, c'est pas le tout, vu que je suis ici pour un bout de temps, autant s'y mettre tout de suite. S'il me donnait un tract avec l'organigramme du système, ça nous faciliterait la tâche.

– Oh mais... Attention ! Pas si vite, il dit. Vous n'y êtes pas encore, au paradis. Vous comprenez bien que vous êtes un cas d'espèce. Un problème, pour tout dire. Nous ne savons pas encore très bien si vous avez été un damné de la terre ou si vous allez en devenir un, en dessous.

– Mais... j'étais un type correct... Pas un forçat de la faim, d'accord, mais j'ai jamais exploité personne.

– Ah oui ? Et la petite Mireille ? C'est pas de l'exploitation, ça ? L'abandonner avec un enfant dans les entrailles...

– Je sais... J'étais jeune... J'en suis pas fier...

– Ce que vous ne savez pas, c'est que ce gosse, faute d'avoir été encadré par l'affection et la vigilance d'un père, est devenu le pire fasciste que la terre ait porté depuis les années soixante. Voilà.

Fallait que ça tombe sur moi.

– On fait tous une connerie de jeunesse...

– Ben voyons. Ils disent tous ça, après. Je ne vous cache pas le sort réservé aux profiteurs : le fond de la mine, la chaîne de montage, les contremaîtres, et pour l'éternité. Vous avez lu Dante ?

– Des passages choisis, dans le Lagarde et Michard.

– Eh bien, ça ressemble un peu à ça. Nous avons notre purgatoire. Quelques impies expient pendant deux ou trois siècles, on soumet leur cas au comité central et en général on passe l'éponge. C'est ce qu'on envisage pour vous.

– C'est vrai ? Je n'irai pas directement en dessous ?

– Bah... on hésite. C'est vrai. On ne sait pas trop. Vous avez quand même caché deux camarades pendant la guerre, et vous risquiez le peloton. Vous n'avez rien demandé en échange, il faut le reconnaître. Et ça compte.

Ah ! putain... Si j'avais su, je les aurais bichonnés, ces deux-là. Le plus gros des deux n'avait pas inventé la baisse tendancielle du taux de profit, on peut pas dire... Mais il ne ronflait pas pendant les perquisitions, c'était déjà ça. Et l'autre, aïaïaïe ! un bavard ! un doctrinaire ! On ne sait pas ce qu'il est devenu celui-là, à la Libération.

– Je peux vous le dire, il est parti aux États-Unis pour un projet de révolution à New York, mais ça n'a pas marché du tonnerre.

– Alors, c'est bon, ça pèse dans la balance, un truc comme ça, hein ?

– Oui, mais ça sera le purgatoire quand même. Je peux m'arranger pour écourter un peu.

– Et ça ressemble à quoi, votre truc ?

– Bah... en gros, il y a cinq cercles. Ça va du plus léger au plus lourd. Le premier est réservé à des gens comme vous, y a de tout, des incroyants, des mous. C'est surtout un cercle d'apprentissage et de rééducation. Ensuite il y a les fainéants, ceux qui séchaient les réunions de cellule, ceux qui se levaient tard le dimanche, ceux qui ne payaient pas leur cotisation, ceux-là sont chargés d'encadrer les damnés du premier cercle. Les autres ne vous concernent pas, vous n'aurez pas à les croiser.

– Dites toujours.

– Les trois derniers sont réservés aux renégats. Les maos travaillent le pistolet à peinture, ça leur laisse pas beaucoup de temps pour l'autocritique.

Les trotskistes sont condamnés à écouter les discours des autres sans pouvoir en placer une (ils disent qu'ils préféreraient le pistolet à peinture). Et pour finir, les anars. Eux, c'est le problème... On n'a pas encore trouvé quoi leur faire faire.

Père courage

– Tu aurais tort de ne pas me recevoir.

– ... Entre.

À cause de toi j'ai demandé à Isa de partir. Elle l'a fait sans hésiter quand elle t'a vue prendre possession de la pièce. Cette insupportable odeur de suffisance à laquelle je ne fais plus attention. Je t'ai laissée prendre sa place dans le fauteuil sans mot dire.

– Comment elle s'appelle ?

– Ça te regarde ?

– T'énerve pas... Ça fait bien douze ans que je ne suis plus jalouse... Je passais juste te faire mes adieux. Bangkok... J'ai un vol demain matin.

Tu mens toujours aussi bien. La dernière fois que je suis venu chez toi, j'ai vu traîner des horaires de vols pour Caracas. Il y avait même un guide du Venezuela dans ta salle de bains. T'as ton ami Osvaldo, là-bas. Depuis qu'on a divorcé, il est prêt à tout, même t'héberger... Je lui souhaite bien du courage.

– C'était pas la peine de te déplacer pour ça.

– De te savoir heureux, ça aurait nui à ma nouvelle vie là-bas.

Quand tu as dit ça, j'ai regardé vers la porte de la chambre bleue.

– Je pars avec Marc.

J'ai fait comme si je m'y attendais.

– Tu penses qu'il a envie de te suivre ?

– Il ne te supporte plus. Je sais bien ce qu'il ressent...

Il y a quatre ans à peine, tu ne cherchais pas à savoir ce qu'il ressentait pendant qu'on visitait les villas chics du bord de mer. « Vas-y Marc, va voir là-haut, dans ce réduit, on sait jamais... » Des coins poussiéreux, inaccessibles, il t'obéissait, le pauvre, il en ressortait avec des vieilleries, des antiquités qu'on revendait deux sous à des brocanteurs du coin. Et on fuyait, jusqu'à la ville voisine, en plein hiver, à la morte saison... Il avait compris depuis bien longtemps qui tu étais. Moi, je laissais faire, ça changeait pas beaucoup... Il m'aimait plus que toi. Il m'a toujours aimé plus que toi.

– Marc ne te suivra pas, il en a marre d'être trimbalé.

– T'avais moins de scrupules quand tu l'entraînais dans tes parties de pokers.

Il aimait ça, le poker, je ne l'ai jamais vu aussi heureux. On avait mis au point un code. Il tournait autour des tables pendant des heures, personne ne s'intéressait plus à lui, il virevoltait dans le décor, comme une mouche. Quand il chantait O sole mio, *je savais que mon voisin de droite avait un full, quand il chantait* Les Roses blanches, *ça voulait dire que mon vis-à-vis avait un brelan, quand il chantait* Hirondelle du faubourg, *j'avais compris que mon voisin de gauche avait une paire de Dames, etc. C'était clair, c'était propre, il adorait ça. Lui et moi on faisait la paire d'as...*

– Tu as toujours fait en sorte qu'il me déteste.

Pense à sa nouvelle vie, là-bas, ailleurs... Il a une chance. Qu'est-ce qu'il lui reste, ici, à tes côtés ? Une vie de malfrat... Il ira en taule, comme toi...

Non, pas la taule. Il ne serait jamais allé en taule. Il avait compris ce que c'était, bien avant tout le monde. Il venait avec toi, au parloir, il savait que les méchants étaient privés de liberté, je lui disais à travers le grillage que c'était la pire des choses. Il ne pouvait pas imaginer que j'étais un méchant. Il ne savait pas ce qu'était une banque... Ni un braquage. Il ne savait même pas ce qu'était l'argent. Il m'admirait. Pas toi... Toi, tu étais... Je ne veux pas dire ce que tu étais.

– Marc et moi, c'est une histoire d'amour. Il est temps que je le sorte de tes pattes. Tu te souviens de l'époque où on lui faisait passer la frontière italienne ?

Oui... C'était une idée à toi... Les diamants venaient d'Afrique du Sud et passaient par Modane, à la frontière italienne. Dans les couches, il avait plusieurs milliers de dollars, personne n'a jamais rien vu. Ça a duré combien de temps, ce manège ? Six mois ? Il avait tout juste deux ans. Les couches-culottes les plus précieuses du monde... Il pourra s'en vanter, plus tard... J'étais contre. Tu avais insisté. On n'avait pas à se plaindre, c'est vrai, mais j'étais contre.

– Maintenant, va le réveiller, je prépare son sac. T'as bien choisi ton jour, espèce de garce... Hier, Marc et moi, on s'est engueulés à mort. Je lui ai interdit de sortir avec sa bande de marlous. J'ai vu de la haine dans ses yeux. Pour la première fois. Et ce petit con a toujours aimé les voyages, il va vouloir te suivre sur un coup de tête, il ne t'aime pas mais il va te suivre.

– Tu le ramènes quand ?

– Le ramener... ?

Ça va, j'ai compris. Tu te fous du môme, tu veux juste te venger de tout ce qui nous lie, lui et moi, tu n'as jamais supporté ça. Il va te lasser au bout de deux jours, tu vas le rendre dingue. Tu vas te servir de lui, comme on a toujours fait.

Tu n'as pas bronché quand j'ai sorti le vieux Smithd Wesson body-guard de derrière la plaque de liège du corridor. Ça m'a fait drôle de le braquer sur toi.

– Va pas faire une bêtise, tout le monde sait que je suis là, même mon avocat, c'est lui qui m'a expliqué que j'avais le droit de reprendre le môme. Et ta fiancée m'a vue, elle irait faire un faux témoignage ? Tu retournerais au placard, et le gosse finira dans la rue, c'est ce que tu veux ? Lâche ce flingue. D'ailleurs, il est à moi...

Avocat, faux témoignage, et instinct de propriété pour finir... Si on t'arrachait le bras tu pleurerais pour qu'on te rende ta montre. Pas une seconde tu n'as imaginé le regard de ton propre fils devant le cadavre de sa mère. Comment a-t-on fait pour l'avoir, ce môme, hein ?

J'ai eu juste le temps de cacher l'arme quand j'ai entendu grincer la porte de la chambre bleue. Il se frotte les yeux. Le sommeil n'y est pour rien. C'est ta présence, là, ici. Plus d'un an qu'il ne t'a pas vue.

Tu l'embrasses, il ne comprend pas. Quand tu lui parles d'avion, il ouvre grand les yeux, il sourit. Et il me défie du regard.

Tu lui as demandé d'attendre dans la voiture. Il ne s'est même pas retourné en sortant. Il tient ça de toi. Ça s'est passé comme un accident, on voit venir le choc, on a même l'impression de l'attendre, on regarde, on laisse faire, c'est l'apesanteur pendant une seconde, et puis... Il a dévalé les escaliers. À ton regard j'ai su que tu attendais ce moment depuis des mois. Ce môme ne peut pas exister sans moi. Pas encore. Tu m'as mis une petite tape sur la joue avant de partir.

J'ai entendu la voiture démarrer, le compte à rebours a commencé juste après, moins une minute, moins deux. La voiture tourne le coin de la rue, je vous devine encore un instant mais l'image s'estompe et meurt en silence.

J'ai éteint toutes les lumières et me suis recroquevillé dans le canapé. Rien, j'ai cru que je ne ressentirais rien, une impression étrange, on a tellement peur de souffrir que rien ne vient, on chercherait presque à avoir mal, on se sent coupable, une vague pointe vers l'estomac, rien, pas grand-chose.

J'ai cru qu'il revenait. Je savais que c'était lui. Je n'ai pas voulu y croire tout de suite. J'ai attendu. Je l'ai vu revenir vers moi, il ne lui a pas fallu plus de dix minutes pour comprendre. Ses ongles crissent contre la fenêtre entrebâillée. Le petit con... Il a escaladé le mur pour me faire la surprise. Ça, il le tient de moi.

– ... Marc ?

J'ai vu cette petite silhouette dans le noir et me suis dressé d'un bond, je me suis jeté dans ses bras, je t'aime, petit con, on va tout recommencer, hein ? Rien que tous les deux, si tu veux voyager, on s'en va, là, tout de suite, ton sac est déjà prêt, attends-moi...

Quand il a entendu le son de ma voix, il s'est plaqué contre le mur, il a poussé un cri de surprise. Marc... ? Ma main a heurté l'interrupteur.

C'est là que j'ai vu ce petit bonhomme voûté, tremblant.

– N'approchez pas... N'approchez pas !

La surprise nous a figés tous les deux. Il doit avoir quinze ans, pas plus. Il a sorti un cran d'arrêt.

– Fais pas le con, petit... Comment tu t'appelles... ?

A cet âge-là j'étais plus habile pour visiter les baraques... Je savais au moins les choisir. Il n'y a plus rien de bon à prendre, ici, petit crétin... On vient de me voler mon seul trésor... Quinze ans. C'est la taule qui te tente ? Si t'avais fréquenté les parloirs, tu saurais. Range ce couteau. Rentre chez toi, il y a peut-être des gens qui t'attendent. Ils ne sont peut-être pas aussi mauvais que tu penses.

– Tu vas lâcher ce couteau, nom de Dieu !

Je ne voulais pas lui faire peur, j'ai tendu les mains. Il a paniqué. Je suis tombé à genoux, devant lui, en silence. Il s'est cogné dans les meubles en partant. J'ai crispé les mains sur mon ventre, elles se sont engluées de sang. Le petit con... En me traînant à terre, j'ai trouvé la force de fermer la fenêtre et décrocher le téléphone. Et sans savoir pourquoi, j'ai éteint la lumière.

L'ambulance est arrivée juste après les flics. L'un d'eux m'a donné l'ordre de ne pas bouger, j'ai voulu dire un mot, la douleur a décuplé d'un coup.

– Ne parlez pas, vous allez vous en tirer...

On m'a posé sur le brancard. Au passage j'ai crispé la main sur la manche d'un uniforme.

– Elle s'appelle... Sylvie... Sylvie Rolle... Elle vient d'emmener notre fils... J'ai tout fait pour l'en empêcher... Même son avocat était au courant de sa visite... Elle voulait se venger, vous savez... Elle doit prendre un avion, dans quelques heures... Pour Caracas...

À nouveau, il m'a dit de la boucler mais son collègue a sorti un carnet.

– R.O. deux L.E... Ne dites rien au petit... Je vous en prie...

Quand j'ai vu qu'il avait tout noté, j'ai poussé un soupir. Ils ont cru que c'était la douleur.

Je ne pouvais pas te laisser partir. On n'ira pas la voir au parloir. Je t'aime, petit con.

Toujours de l'audace !

Comme d'habitude, il refuse de boire autre chose que du jus de tomate.

– Mettez-y un peu de tabasco, au moins.

Il secoue la tête avec sévérité. Difficile de savoir quand Maximilien est de mauvaise humeur. Depuis vingt ans que nous nous connaissons, je ne l'ai vu sourire que deux ou trois fois. Je crois bien qu'il n'a jamais ri.

Un pochard à ma gauche commande un autre demi de sa voix gondolée. Une fille un peu paumée se laisse avoir au bagout du premier venu au sourire égrillard. Le patron du bar coince deux jeunes punks qui partaient sans payer. Un couple à une table du fond s'est lancé dans une dispute entrecoupée de bisous mécaniques.

– Il n'y a que vous pour trouver des endroits pareils, fait Max. Vulgarité plurilatérale... Condensé de veulerie humaine... Tout y est.

– Vous y allez un peu fort, non ? Ce n'est qu'un pauvre bistrot, un petit théâtre du quotidien dans sa séance du soir.

Il hausse les épaules.

– Votre indulgence ne m'étonne pas, vous serez toujours le tolérant qui se contente d'un rien.

Mais regardez-y à deux fois, nous assistons ici même à la déroute universelle : nous avons l'esclave alcoolique dans son délit de fuite. Le mâle hâbleur, membré, soucieux de besogne et de pouvoir sur une égarée qui n'aspire déjà plus à grand-chose. Un tenancier, fier de son bon droit de tenancier, qui pour quelques francs ne se prive pas de morigéner deux jeunes crétins dont le seul et dernier honneur est de consommer sans payer. Sans parler de ce couple, là-bas, qui se cherche entre le meilleur et le pire.

Je ne peux m'empêcher de sourire devant une telle synthèse de l'humanité. C'est du Maximilien pur. Je me sens obligé d'argumenter, comme au bon vieux temps ; pourtant je sais qu'à ce jeu-là, il est bien meilleur que moi. Il sort un kleenex pour nettoyer ses lunettes et se moucher dans la foulée.

– Je reconnais qu'il y a ici même, ce soir, tout ce qui fait tourner notre pauvre monde. Un subtil mélange d'espoir et de déroute. Mais vous oubliez l'élément liant : le désir inscrit en chacun de nous d'aboutir à un petit plus. On se contente d'un mieux parce que le bien est inaccessible pour l'instant. Il est inutile d'interdire brutalement la bière à ce pochard ou d'envoyer ces punks au catéchisme. D'imposer le divorce à ce couple ou d'empêcher un dragueur et sa proie de vivre un lendemain de solitude. Ou encore de collectiviser le café du patron. Mais, qu'est-ce qui vous dit que demain...

Maximilien ricane. Je sens que l'amertume va poindre.

– Vous avez bien changé, Georges... Bien changé.

C'est vrai que j'ai changé, depuis nos heures glorieuses.

Je me souviens des barricades et de notre amitié, il y a vingt-cinq ans, déjà. J'imaginais l'imagination au pouvoir, et lui, interdisait d'interdire. Il savait parler et moi me battre. Il théorisait et je négociais. Il esthétisait et je haranguais les patrons de restaurants chic après m'être rempli la panse. Il avait la révolution dans le cœur et moi dans le creux de la main. Il réclamait des têtes du haut de sa tribune, et je m'amusais à en fêler certaines. Nous étions déjà en désaccord, mais notre rêve de bousculer l'ordre des choses passait avant tout.

Aujourd'hui...

Aujourd'hui je le vouvoie encore, Maximilien n'a jamais fléchi sur ce point.

– Mon pauvre Georges, je reviens sur ce que j'ai dit : vous n'avez pas tellement changé, en fait. Toujours cet amour du pis-aller et du compromis. Et vous savez bien que j'utilise compromis pour compromission. Pendant toutes ces années, je n'ai jamais vraiment réussi à déterminer lequel de nous deux aimait le plus l'humanité. C'est peut-être vous, après tout, avec vos bilans, votre indulgence, vos ménagements.

– Ou peut-être l'inverse. Vous avez la force de rester entier. Incorruptible. J'ai toujours envié cette pureté, j'ai toujours espéré que ce soit réalisable...

Il déglutit comme s'il avait mal à la gorge. Sa maigreur et son teint suggèrent un incroyable refus du corps. Sa peau tavelée rend tous ses regards aigres. C'est dire si les filles aimaient ça, à l'époque...

Moi, si j'avais été une étudiante, j'aurais oublié tout ça pour craquer sur ses talents d'orateur, son magnétisme, son brio pour séduire un amphi surpeuplé. Je ne sais pas pourquoi j'aime encore ce gars-là. Lui, m'a-t-il jamais aimé ?

Avec une moue de dégoût, il me montre du doigt les clients du café. J'ai l'impression qu'il va décocher une flèche.

– Regardez-les... Regardez-les... Petitesse et mesquinerie ! C'est à vomir.

Les choses ont effectivement évolué depuis que j'ai le dos tourné. Le petit théâtre a décidé de nous jouer un drame social. Plus jamais je n'emmènerai Maximilien dans un tel endroit. Les punks excités sont bien déterminés à user à leur tour de leur bon droit de client. Le patron sait qu'ils restent pour le narguer. Le dragueur toise les deux petits crétins avec du défi plein la bouche, en espérant que la fille qu'il convoite va reconnaître son courage. Il semblerait qu'elle n'en ait rien à foutre. Le couple du fond cherche le regard du patron, la femme sent venir l'orage.

– Tout ceci est de votre faute, en quelque sorte, coupe Max.

Cette fois, il va trop loin, le compagnon de lutte. Au moment où j'ouvre la bouche pour l'insulter, il détourne le regard avec effroi en désignant à nouveau la salle. Je l'insulte ou je me retourne ?

C'est bien ce que je pensais, l'un des punks déverse sa bière sur la tête du bravache. Humiliation suprême sous les yeux de la fille qu'il voulait conquérir. D'un bond, il se lève de son tabouret et fouille dans son blouson en criant :

– Espèce de fils de pute !

Le patron intervient de sa grosse voix.

– Vous allez tous me foutre le camp !

Maximilien se racle la gorge de dégoût. Il ne supporte pas. Il n'a jamais pu supporter. Je dois intervenir. La femme assise au fond presse son mari de sortir, il la retient en posant la main sur son bras.

– Foutez le camp, ouais... Faut faire queq-'chose, patron..., fait le soûlographe..

Le dragueur n'a pas besoin d'en rajouter, le cliquetis de son cran d'arrêt suffit. Mouvement de recul collectif. Sa tête ruisselle encore de bière.

– Et alors, hein ? Tu dis quoi, maintenant ?

Un des mômes saisit une bouteille derrière le zinc et la casse contre le comptoir. Sa main n'a pas tremblé une seconde. Je me retourne vers Max, il est terrorisé au point de ne plus pouvoir sortir. Tout se précipite, le patron sort un revolver de sous le comptoir et le braque sur les punks. La femme hurle et son mari la prend dans ses bras. Le poivrot ricane, noyé dans un océan de bière.

Je profite d'une seconde où tous sont figés pour m'approcher et tenter quelque chose.

– Calme, calme, tout le monde est calme, on va pas...

Le type au cran d'arrêt est plus rapide que moi, sa lame érafle la joue d'un gosse, dans le même temps son copain se jette sur le revolver du patron pour le lui arracher. Je suis pris de court, le bruit et le chaos m'empêchent de faire le bon geste, la jeune fille tombe à terre et crie.

Un coup de feu résonne dans la salle.

Statufiés, tous. Silence.

Mon regard tombe par hasard sur une image absurde, le poivrot, renversé sur le comptoir, les jambes ballantes.

Sans faire le moindre bruit, le jeune type au cran d'arrêt glisse à terre.

On n'entend plus que la plainte hystérique de la fille prostrée dans une encoignure.

Qu'est-ce qui se passe, nom de Dieu ?... Le dragueur reste inerte à terre, il saigne, le patron se met à gémir, le poivrot perd l'équilibre et tombe, le couple s'étreint, s'étreint, comme pour sa déclaration d'amour.

– C'est pas moi... C'est pas ma faute... C'est l'aut', le jeune... C'est pas ma faute...

Le patron a prononcé les premiers mots. L'aberration, la peur. Je me baisse vers le blessé, et sans vraiment savoir pourquoi, j'ai la certitude qu'il est mort. Je porte une main à mon front pour y essuyer un peu de sueur.

Le pouls, l'œil, le cœur. Il est mort.

– C'est pas moi, merde ! hurle le patron.

Il regarde son revolver, qui lui glisse de la main.

Je ne sais plus ce qui se passe dans ma tête. Si tout à l'heure je n'ai rien pu éviter, je sens que c'est le moment où jamais de penser pour les autres.

– Où avez-vous trouvé ce flingue ?

– ... Pourquoi... ?

– Répondez, et vite.

– C'est un vieux machin que j'ai piqué à l'armée... je m'en étais jamais servi... mais c'est pas moi !

– Fermez le café et jetez le flingue quelque part, un égout, je ne sais pas.

Encore sonné, il me regarde, perdu. Je hurle pour le faire bouger, il disparaît.

Le couple, dans la salle, n'a pas relâché son étreinte. Je fonce à leur table.

– Vous deux, vous avez vu quelque chose ?

L'homme ne sait pas quoi répondre. Je m'énerve.

– C'est clair, ici, personne n'est coupable, personne n'est innocent, si vous parlez de cette scène, le patron va en taule, les deux gosses vont en taule parce qu'ils vont pas être bien durs à pister, ces petits cons, et tout le monde aura les pires emmerdes. Alors ?

Mon débit frénétique leur fait peur.

– Alors ?!

– Je ne sais pas... Je...

La femme sort des bras de son mari, elle semble reprendre le dessus plus vite. Je ne sais pas pourquoi, mais elle dit ce que je voulais entendre.

– On... On n'a rien vu.

– Non, vous étiez à une table du fond, vous avez entendu un coup de feu et personne n'a vu les gosses. C'est bien ça ?

– Heu... oui, un coup de feu, on n'a pas vu celui qui a tiré.

Je soupire un grand coup. La jeune fille hurle toujours et se tient le ventre, contre le comptoir. Je me penche sur elle. Je fais sûrement une connerie. Tout va trop vite. Je veux la prendre dans mes bras, elle s'y précipite comme si j'étais son père.

– Tu étais au sous-sol, tu téléphonais, hein ?

Elle pleure et me serre fort. Son étreinte me donne du courage.

– Fais-moi un signe de la tête. Tu me fais confiance ? T'étais en bas ?

Son front vient tapoter plusieurs fois mon épaule. Je la relève et l'installe sur une chaise.

Au poivrot, maintenant. Il est toujours allongé à terre. Il a une poignée de billets en main. Je comprends tout à coup son acrobatie absurde de tout à l'heure, mais j'ai peine à y croire. Pendant la bagarre, cet ivrogne cherchait tout simplement à atteindre le tiroir-caisse. En d'autres circonstances, ça me ferait tordre de rire. Je le secoue par les revers.

– T'as rien vu, toi, hein ? Tu piquais dans la caisse, complètement rond, donc t'as rien vu. C'est mieux pour tout le monde, non ?

Il acquiesce tout de suite. Il vient de dessaoûler

d'un coup et j'ai même l'impression qu'il est plus lucide que moi.

Le patron revient, tout le monde est là et je crie à la cantonade.

– Un type d'une trentaine d'années est entré, il portait un manteau de couleur sombre, tout s'est passé trop vite, on n'a pas eu le temps de voir, il a tiré sur le jeune type et s'est enfui.

Silence.

Je suis en train de faire une connerie.

Ils ont tous hoché la tête.

Je dis au patron d'appeler la police. Maintenant, c'est sûr, je viens de faire une connerie. Pourquoi me suis-je mêlé à toute cette histoire de con...

Je m'assois à terre en fermant les yeux.

Quand ils sont arrivés, j'ai eu peur. Chacun de nous avait une bonne raison de flancher, de ne pas jouer ce jeu absurde.

Et pourtant.

Pourtant, j'ai assisté à quelque chose qu'on ne voit jamais. J'ai vécu un moment unique. Incroyable. Contre toute attente, ils ont tous dit exactement la même chose, d'un bloc, d'une seule voix. Ils n'ont pas hésité une seconde. Les flics n'ont pas bronché devant une telle unanimité. Le petit théâtre vient de me donner une leçon. Des gens qui ne se connaissaient pas. Sans le moindre intérêt commun. Je ne comprends plus rien.

Deux ambulanciers ramassent le corps. Un inspecteur note le signalement du meurtrier, il dit au patron de passer demain au commissariat. Routine. Affaire à peine ouverte. Il semble qu'elle soit déjà classée. Une heure qu'ils sont là, à poser des questions.

– Bon ben... je crois que c'est tout, fait l'inspecteur en avançant mollement vers la sortie. Comme nous tous, il a envie de rentrer se coucher.

À ce moment précis, une voix monocorde l'interpelle sans hausser le ton.

– Et moi, on ne me demande pas ce que j'ai vu ?

Max.

Le flic se retourne.

– On ne vous a pas interrogé ?

– Non.

Qu'est-ce qu'il veut ? Moi aussi, je l'avais oublié. Pas une seconde je n'ai pensé à lui.

– Je vais aller vite, on vient de vous jouer une mascarade, il s'est produit une altercation avec deux jeunes gens de dix-sept ans au plus, le patron a tiré, ils se sont enfuis, cet homme était éméché, il a essayé de voler dans la caisse, ce couple et cette fille viennent de faire un faux témoignage, et celui-là a inventé une histoire abracadabrante pour mettre d'accord tout le monde. Et, qui sait pourquoi, tout le monde a suivi.

Le flic écarquille les yeux. Les hommes, les femmes, consternés, se prennent la tête dans les mains. Et moi...

Moi, je nous revois, tous les deux, vingt-cinq ans plus tôt, en train d'imaginer l'avenir du monde.

Maximilien me regarde fixement.

Pas une lueur de gêne ou de culpabilité. Je sais qu'à cette seconde précise, il est en accord avec lui-même.

– Vous le saviez, Georges. On ne peut pas me demander une telle chose.

Des mots me reviennent en mémoire. Vérité. Histoire. Éthique. Compromis.

Je ressens un soudain apaisement.

Max ne m'a pas trahi.

Il vient seulement de me lâcher.

Les flics m'emmènent dans leur voiture. Avant de monter, je me retourne une dernière fois vers lui. Je crie sans violence.

– Tu me suivras, Maximilien. Tu me suivras...

La portière claque comme un couperet.

Deux héros et l'infini

– *Les sta... tistiques nous disent que six Français sur dix n'utilisent que 1 500 mots d'usage courant...*

– Et alors ?

– Et alors ça veut dire quoi, sta... tistiques ? hein, Biquet ?

– M'appelle pas Biquet. D'abord, lâche ce journal, ça va te donner mal à la tête. Et ça fait dix fois que je te dis de cabosser les boîtes de bière vides pour qu'on voie la différence avec les pleines.

Qu'est-ce que j'avais pas dit là... Il s'est redressé de la banquette arrière et a attrapé sa Heineken à pleine main en la pressant à mort de ses gros doigts poilus pour la transformer en lombric vert et tranchant. Qu'il a jeté dans cette mer de sable qui crissait sous nos roues. Je n'aurais jamais dû laisser traîner ce journal sur le siège. *La Feuille de Villeurbanne.* Avec Grober, on ne sait jamais d'où le danger peut surgir. La dernière fois, c'est quand je l'ai laissé seul avec des oursins.

– Sta-tis-tiques, j'ai fait, en attaquant une belle bande de littoral. Les statistiques, c'est des calculs qui servent à donner une idée de comment le monde est fait. C'est des études à partir des sondages. C'est comme ça qu'on peut dire qu'un Français sur trois cents naît mongolien.

– Mais comment on peut se rendre compte de ça, Biquet ?

– Suffirait de voir ta gueule dans un métro bondé, crétin. M'appelle plus Biquet. On peut prévoir plein de trucs, avec ces calculs-là. Ça t'est déjà arrivé de jouer au loto, hein ? Eh ben, on peut déjà dire que t'as qu'une misérable chance sur plusieurs milliards d'avoir les six bons numéros.

L'exemple a dû frapper, parce que tout de suite après il y a eu un long silence où j'ai distinctement entendu le bruit de ses neurones s'enchevêtrer autour d'une si déprimante réalité. Il a dit, dépité :

– Alors c'est les statistiques qui disent que je ne connaîtrai jamais les palmiers qui découpent ces belles ombres sur le ventre des vahinés. C'est à cause des statistiques que je ne plongerai jamais dans les eaux chaudes des mers du Sud pour pêcher du corail et chasser le mérou. Que je siroterai jamais un welcome cocktail au curaçao servi dans une noix de coco par un loufiat en veste blanche. C'est ça les statistiques, alors ?

Pour ponctuer cette suite de mots (qui venait de réduire à néant tout le potentiel lexical du Grober moyen), il a caressé son front en sueur avec une boîte de bière qui perlait de fraîcheur en sortant de la cantine à glaçons.

– T'as lu des dépliants, ou quoi ? De toute façon, t'as la trouille de l'avion.

– Oui, j'ai la trouille de l'avion.

– Eh ben, c'est là que les statistiques nous prouvent que t'es vraiment con, parce que t'as qu'une chance sur plusieurs milliards de t'écraser en avion. Donc, on peut dire que t'as aussi peu de chances de gagner au loto que de crever en zinc. Et pourtant tu joues encore, et tu prends toujours pas le zinc. C'est pas logique, t'avoueras.

En disant ça, j'ai vu au loin une image furtive et floue. Malgré la vitesse et le soleil dans les yeux, j'ai cru discerner deux corps nus se courir après au bord de l'eau, l'un étant muni d'un fusil de pêche. Je me suis dit que le mot « logique », prononcé une seconde plus tôt, n'avait plus la même consistance.

– La chance... La chance... T'as que ce mot-là à la bouche... J'y crois pas à la chance... Tes statistiques, elles seraient incapables de me dire si un Grober comme moi a une chance de rencontrer Ursula Andress, par exemple.

– Pourquoi spécialement Ursula Andress ?

– Ça te regarde pas, c'est un souvenir d'enfance.

Je n'ai pas cherché à le contrarier à nouveau. On attaquait un virage mortel à fond les tuyaux qui aurait pu nous coûter la vie sur un mauvais coup de coude du Grober. D'ailleurs, j'ai dû ralentir à cause d'une Porsche lascive que son conducteur ne méritait pas d'avoir.

– D'abord, des pronostics comme ça, c'est pas les statistiques qui pourraient nous les faire, mais c'est un autre truc dans le genre qui s'appelle : les probabilités. Mais t'es pas obligé de retenir ce mot-là, ça ferait beaucoup pour la même journée. Y a qu'elles qui pourraient dire combien t'as de chances de rencontrer Ursula.

– Hé ! Attention ! C'est pas le tout de juste la rencontrer... Je veux qu'elle soit tendre, qu'elle me prenne dans ses bras, et qu'elle m'embrasse, et tout et tout. Alors, Biquet ? une chance sur combien ? sur mille ? sur dix mille ? sur dix millions ?

– Je voudrais pas te faire de la peine, mais ce nombre-là n'existe pas encore, c'est cosmique, c'est astral comme truc. Avec une suite de zéros qu'aucun humain n'a encore jamais vue. Avec ça on pourrait barbeler la muraille de Chine.

La Porsche de devant allait finir par nous mettre en retard. Le gars derrière le volant laissait traîner son bras par la fenêtre et pianotait mollement des doigts sur sa portière. À ses côtés, j'ai vu une chevelure brune. Je me suis demandé, par le biais, combien de chances on avait de se retrouver derrière un con pareil. À peu près autant que de malchances il avait, lui, de nous avoir au cul. J'ai klaxonné. Grober s'est penché vers ma nuque, intrigué par ce qui se passait devant nous.

– C'est de la connerie, tes calculs. Si j'ai une seule chance, même la plus petite, j'aimerais savoir où elle est.

J'ai klaxonné à nouveau.

– Procédons scientifiquement, j'ai fait. Quelle suite de circonstances invraisemblables pourrait conduire une nana comme elle jusque dans tes bras ? J'ai beau chercher, j'en vois qu'une et une seule. Ouais... Et je suis sérieux. Il faudrait, pour ce faire, que ladite Ursula vive avec un gars qui, par le plus grand des hasards, la trompe avec tout le monde. Déjà, faudrait être assez con. Mais ensuite, il faudrait qu'elle en ait marre, qu'elle lui fasse des scènes pas possibles, jusqu'à ce qu'un soir, elle lui dise ce qu'on dit toujours dans un cas pareil : je te préviens ! Si tu recommences, je...

Je me suis tu, tout à coup : parce que au troisième coup de klaxon, le gars de devant, sans se retourner, a crispé le poing en brandissant son majeur, droit comme un cran d'arrêt avec un petit va-et-vient élégant de la main, ce qui signifiait *grosso modo* qu'on pouvait toujours se le mettre dans le cul. Grober a baissé sa fenêtre et dans le même mouvement, j'ai déboîté pour me retrouver au niveau de la Porsche, au risque de nous envoyer dans le décor.

– Qu'elle lui dise, furax : je te préviens ! Si tu recommences, je sors dans la rue et je couche avec le premier venu !

Le bellâtre était effectivement assis auprès d'une jolie jeunesse bronzée dont je n'ai vu que le profil. Grober s'est penché jusqu'au ventre par la portière, le gars n'a pas eu le temps de voir. J'ai parlé plus fort pour que mon pote puisse entendre la suite de ce raisonnement, pas si con que ça, après tout.

– ET C'EST À CE MOMENT-LÀ QU'IL FAUDRAIT QUE LE MEC LUI DISE : CHICHE ! VAS-Y !

Je n'ai pas pu tout voir, j'ai juste entendu quand Grober a attrapé le bras du gars qui s'est mis à hurler. J'ai accéléré à fond jusqu'à percevoir le craquement des os et l'étrange choc plombé des têtes quand il a pilé. J'ai vu, dans le rétro, juste après le choc, deux magnifiques étoiles de verre s'ouvrir dans leur pare-brise. Le gros a remonté sa vitre et j'ai repris une voix normale.

– Alors là, elle entend : chiche ! Et c'en est trop de tant d'arrogance, elle le prend au mot, elle sort dans la rue en ouvrant des yeux comme des billes à la recherche du premier mâle venu. Et c'est là que toi, sur un coup de bol parfaitement sublime, toi qu'as rien demandé à personne, tu déboules au carrefour... Et voilà..

Un léger silence a suivi, histoire qu'il engrange tous les paramètres. Pour ce faire, il a sorti deux bières de la cantine dont les glaçons tenaient on ne peut mieux la route. Des vrais glaçons balnéaires comme on n'en trouve plus de nos jours. Il a gentiment fait péter la languette, sans faire mousser, avant de me tendre la Heineken. Que j'ai bue en sirotant presque sous le volant, des fois qu'on croise des autorités en sens inverse, au hasard des lacets.

– Yaaa malheur de scoumoune de zob... il a fait, résigné. C'est mal barré...

– Ah ça... C'est même pas quantifiable, des chances pareilles. Mais, grâce à ces conneries de probabilités, on peut quand même trouver une équivalence, histoire de donner une idée. T'as autant de chances que *ça* arrive qu'un singe, qui taperait aléatoirement sur une machine à écrire, en a de nous refaire *La Divine Comédie* de Dante.

J'ai dit un singe, mais j'aurais pu dire un Grober. Je me suis retenu à temps.

– Tu veux me foutre le cafard, Biquet...

Brutalement, il s'est endormi.

Deux heures plus tard, j'ai vu une ville, au loin, mais j'étais trop feignant pour la chercher sur la carte. Autant avoir la surprise devant la borne. C'est à la sonorité du nom que je choisis de m'arrêter ou pas. J'essaie autant d'éviter les Saint-Quelque Chose et les Machin-sur-Truc, sans savoir vraiment pourquoi. Une question de feeling, pas scientifique du tout, et complètement aléatoire aussi. Mon partenaire, écroulé, les bras en croix sur la plage arrière, a rajouté plusieurs paramètres d'un coup.

– Pipi, il a dit. Et faudrait trouver des glaçons. Et aussi téléphoner à Luigi qui doit se demander ce qu'on fout.

Foi de Biquet, j'ai masqué quand j'ai vu le nom du bled et les deux ploucs malaccueillants qui ont regardé ma plaque de Parigot. Saint-Restitut-sur-Loup. Voilà bien ma veine. Parce que, malgré toute notre conversation précédente avec Grober, s'il y a bien un truc qui, dans mon jugement, passe avant toutes ces données mathématiques, que je maîtrise d'ailleurs fort mal, c'est bien la superstition.

– On est en retard, Grober. On devrait déjà être à Antibes. T'as qu'à pisser dans une canette, et on appellera Luigi d'une cabine sur la route. Juré qu'on s'arrête au prochain bled.

– Et la glace ?

Ouais, la glace. C'est vrai que c'est sacré, la glace. Le fait est qu'on est loin de la Californie. Là-bas, on n'avait qu'à garer la tire au premier motel, on demandait sagement au gardien la permission, et hop, on allait au stock de glaçons, on remplissait trois seaux et on en bourrait la cantine jusqu'à la gueule. Gratos ! Et le gardien nous disait : bye-bye ! Au besoin, il nous fournissait en Budweiser ou en Miller. *Miller, The Champagne of the Beers.* Ici... Dans ce trou... Même en la payant le prix fort, c'est pas du tout sûr de trouver...

– Arrête-toi à la carotte, là-bas.

Un bar-tabac, quelques chaises en bois sous une petite tonnelle, deux ou trois magasins alentour, avec des petites dames dans la rue, juste ce qu'il faut pour se persuader de ne pas être en hiver. Je suis entré dans le café et Grober est resté au seuil pour garder un œil sur la tire. Trois, quatre clients : Mimile, Dédé, Totoche et Pierrot. J'étais sûr d'en avoir au moins trois de bons. J'ai demandé de la glace. Silence. J'ai réitéré. On m'a demandé ce que je voulais boire. J'ai dit : rien, mais on veut vous acheter des glaçons, parce que la route est longue, qu'on a déjà toute la bibine en stock, et qu'il fait chaud. Re-silence. Une mégère tout droit sortie d'une chausse-trappe a dit : on en a ! C'est tout juste si j'ai pas remarqué le clin d'œil qu'elle a fait à son Jules. Elle a ouvert le frigo, j'ai vu des stalagmites bleutées noyées dans des diamants de glace gros comme le poing. Bingo. J'ai sorti mon dernier billet de cinquante balles pour les délester de leur banquise.

– Cent, a dit la vieille.
– Cent balles pour de la flotte ?
– Eh oui.

J'ai rassemblé un peu de calme et fouillé mes poches trouées. Grober a fait de même pour réunir un peu de mitraille. Dans le Mississippi, on nous aurait laissés partir avec les ice creams.

– C'est cent ou rien ! Qu'est-ce que je vais mettre dans le pastis de mes clients, hein ? Les Parisiens peuvent pas comprendre ça.

J'ai eu envie de lui dire qu'on n'était parisiens que depuis les trois dernières heures. On est tout ce qu'on veut, ardéchois, autrichiens, et même qu'une fois on a été des Corps diplomatiques. C'est pour dire... Je me doutais bien qu'à Saint-Restitut-sur-Loup on n'aurait que des emmerdes. Grober, lassé, s'est escamoté quelques secondes pour revenir avec le Uzi. Il a gueulé :

– Biquet ! On avait combien de chances sur combien de tomber sur une brochette de cons pareils ?

Tout le monde s'est levé. Moi, sachant ce qui allait suivre, je me suis plutôt aplati sur le plancher. Grober a sulfaté tout ce qui bougeait en gueulant à la Rambo. Ça a hurlé strident partout, j'en ai vu deux trembler sous les impacts, comme pendant un sérieux court-jus. Grober a arrosé plus que nécessaire et j'ai levé le bras en vue d'une accalmie. En deux coups j'ai rempli une bassine qui traînait près de la tête de la taulière avec un max de glaçons. On a foncé.

Soupirs de mon pote qui, mine de rien, avait eu la présence d'esprit d'embarquer cinq ou six canettes de Dab qui s'ennuyaient sur le comptoir. Comme par réflexe, j'avais repris le volant.

– Tu sais, Biquet... j'ai fait quelque chose de formidable, dans ce rade.

– J'ai vu ça, ouais. Je suis pas convaincu de l'utilité, mais t'as fait fort, y a pas à dire.

– Ce truc formidable, je vais te dire ce que c'est : j'ai fait mentir des statistiques et des probabilités en deux coups de pétoire. Excusez du peu ! Dans le journal, ils disaient que dans un bled de moins de cent habitants, seulement deux crèvent de mort violente à chaque génération. En gros.

Sans être sûr du libellé, je me suis dit qu'il y avait peut-être quelque chose de vrai là-dedans.

– Et les probabilités ? j'ai demandé.

– Bah, c'est que cinq d'un coup, ils reverront pas ça avant la prochaine guerre civile.

En sortant du bled, j'ai avisé une petite Datsun Sherry, toute grise et toute cabossée. Un jeune gars s'ingéniait à lui faire franchir un petit tremplin, façon stock-car.

– Hé ! gamin, ça te dirait une belle Toyota bien rouge pour jouer à Mad Max ?

Le môme s'est marré, sans vraiment comprendre. Et il a refusé, soi-disant que son père lui ferait des histoires.

Nouveaux soupirs de Grober, qui a dit :

– Biquet... Tes probabilités à la con, elles disent quoi dans un cas pareil ?

– Elles disent qu'il y a des lois contre lesquelles on ne peut rien. Comme la loi des séries, par exemple. Et on est en plein dedans. On l'appelle aussi *Loi de l'emmerdement maximal.*

Énervé, il est descendu de la bagnole. Histoire de regarder ailleurs, je me suis ouvert une Heineken toute rafraîchie par notre dernier butin en date.

Luigi nous a un peu engueulés, au bout du fil. Il se rend pas compte. Ça m'a rappelé la volée de bois vert qu'on avait reçue sur le job en Suisse. Un jour de retard, parce qu'on avait cherché Bâle des heures durant avant de comprendre que là-bas on disait Basel. Une chance que les autoroutes soient gratos, chez eux.

Bref, le Luigi nous attendait dans un petit routier à la sortie d'Antibes pour 22 heures dernier carat. Sinon faudrait encore pleurer pour avoir notre com'.

– Il a parlé du Danemark pour dans deux semaines, j'ai dit.

– J'ai entendu. Ça m'enchante pas plus que ça. D'abord on va se cailler les miches, et puis macache pour trouver de la bière chez ces sauvages. Comprends pas. Je croyais que le houblon, ça venait des Vikings.

– Il est quelle heure ?

– Dix heures moins vingt-cinq.

– On sera dans les temps. J'y croyais plus. Ça roule plutôt bien, ces petites Datsun à la con.

Grober a tiré la dernière Dab de la cantine et, en brave pote, me l'a proposée.

– T'es gentil, mais je fais une pause.

Le Cannet. Juan-les-Pins. Qu'on a traversés sans penser à rien, dans la nuit qui tombait ; on s'est réveillés doucement à Antibes. La fatigue, sans doute. La bagnole a failli s'arrêter d'elle-même devant le restau d'un copain qui fait une soupe de poissons à tomber par terre. Tout ça avec une petite Leffe bien fraîche. Parce que nous, à l'arrière, on n'avait plus rien. Ni bière ni fraîcheur. Mais on ne pouvait pas faire ça à Luigi. On avait tout le temps d'y aller après. Et on a fini par le voir, ce putain de routier. Désert. Dans le noir. Avec juste un petit camion de maraîcher sur le parking. Et la Jaguar du patron. Qui piaffait, bras croisés, sur le seuil. Il a haussé les épaules quand je me suis arrêté pile devant ses genoux.

– Ah ça, les gars, ça valait le coup d'attendre, il a dit. J'ai beau avoir l'habitude de vous voir radiner dans des caisses pas possibles, mais ça... Je comprends mieux le retard.

Ni Grober ni moi ne sommes descendus. Vieux réflexe. C'était pas de la méfiance. Juste une habitude un peu nostalgique d'une époque bien plus dure qu'aujourd'hui.

– Mon pauv' Luigi... On a eu bien pire que ça. De Châteauroux à Clermont-Ferrand, on s'est trimbalés en Panda, après on s'est farci une Ami 6 break d'un jaune un peu pisseux, ensuite une Toyota vers Nîmes, et nous voilà.

– Montrez voir la commande, a dit Luigi, qui sait toujours abréger les parlotes.

Grober a pris la cantine sur ses genoux et l'a ouverte pour Luigi qui s'était penché à l'intérieur. À peine avait-il enlevé le couvercle qu'un remugle à vomir a envahi l'habitacle. Il était temps qu'on arrive, la glace s'était transformée en un dégueulasse bouillon sans couleur. Luigi a jeté un œil. Après une seconde d'expectative, il est revenu à lui :

– Vous vous foutez de ma gueule ! On avait dit la tête ! C'est la tête qu'il me faut, bande de cons ! Qu'est-ce que vous voulez que je fasse de ça !

Grober, pas démonté, a empoigné le bras cisaillé au coude qui traînait dans l'eau trouble, et a agité la main bleuâtre sous le nez de Luigi.

– Ça s'est pas passé comme prévu. Ce con de Rajot a voulu vérifier le moteur de sa Mercedes avant de démarrer. C'était trop tard, on avait déjà installé le plastique. Alors ce crétin il a soulevé le capot, il a tâté vers le carbu, et tout lui a pété à la tronche. Si t'avais vu le travail... Un vrai puzzle, cette tronche... Elle t'aurait servi à rien. Le plus gros bout qu'on a pu récupérer, c'est ça.

C'est exactement comme ça que ça s'est passé. On n'aurait pas demandé mieux que de ramener la tête, parce qu'on savait déjà, au moment de l'explosion, que Luigi allait penser qu'on voulait l'arnaquer.

– Regarde bien l'annulaire, j'ai dit. T'en connais beaucoup des bagues comme ça ?

Un gros rubis taillé en triangle. Un truc unique. Inoubliable. Luigi lui-même nous en avait fait la remarque le jour où ils ont passé leur accord, Rajot et lui. Rajot et son fameux casse de l'agence centrale de la B.N.P. de Guéret. Pour monter le coup, il avait besoin de cinquante briques, et Luigi, vu que c'est son job, les lui a prêtées le soir même. Pas un gros coup sans Luigi ! Avec une culbute de trois fois l'emprunt, quinze jours plus tard, il avait pas de quoi refuser, le Luigi. Sauf qu'il a senti le vent venir, et on n'a plus lâché la basket du Rajot jusqu'au plein succès de l'opération. Du beau boulot, soit dit en passant. Le Rajot a fait jackpot. Et un gars qui fait jackpot, il devient dingue et se met à gamberger. Quitte à se tirer aux Galápagos, pourquoi le rembourser, le Luigi ? Sauf qu'il faut être vraiment branque pour pas savoir que Biquet et Grober veillent au grain pour ramener la tête des ingrats... La tête ou le bras. Au Danemark, on essaiera de faire mieux : parce que, des petits malins comme Rajot, on en avait déjà quatre depuis le début de l'année. Et on trouvera plus facilement de la glace, là-bas.

Luigi s'est acharné sur le doigt pour en arracher la bague.

– Un souvenir... il a dit, convaincu. Vous pouvez sortir, les gars, j'ai votre thune dans le restau.

Procédure, procédure... Il était temps de sortir pour passer à la caisse et se descendre une mousse bien méritée.

C'est à cette seconde-là que j'ai senti quelque chose de bizarre dans l'air.

Pendant que Grober galéjait gentiment avec Luigi.

La bâche arrière du petit camion s'est levée comme une paupière. Je me suis jeté derrière la Datsun en gueulant comme un putois pour prévenir les deux autres. Trente secondes. Pour faire un raffut pareil, ils devaient être au moins quatre. Je me souviens d'avoir hurlé un « GROBER ! » qui a déchiré la nuit jusqu'à en couvrir le bruit des fusils-mitrailleurs.

Démarrage de la camionnette. Et moi, comme un con, le nez par terre.

Je me souviens d'avoir pensé : ça devait arriver un jour, hein Luigi ? Une tête parmi d'autres... Va savoir laquelle. Une tête qui continuait de penser et faire des plans, sur son tapis de glace... Quelle importance, maintenant...

On avait visé Luigi avec plus d'acharnement que Grober. Un gruyère, le patron. Et je m'en foutais pas mal. J'ai osé regarder vers mon pote. On aurait dit que sa main voulait caresser un pneu de la Datsun. Là, bien malgré moi, je me suis mis à chialer comme une Madeleine. J'ai eu peur de voir son regard. Il a gémi un long moment, en tentant de s'accrocher à une aile. Au loin, j'ai pu dénombrer quatre perforations. Et des vilaines. Je suis reparti à chialer sans pouvoir faire quoi que ce soit. En reniflant comme un môme, j'ai dit : tu veux une bière, mon gros... ? Il n'a pas répondu, j'ai laissé le temps passer.

Quelques secondes plus tard, j'ai vu une grosse bagnole noire qui s'est approchée de nous tout doucement. Ça pouvait être des flics ou n'importe quoi d'autre, j'ai laissé faire sans bouger. Qu'est-ce qu'il aurait fait à ma place, le Grober ? Rien.

Deux silhouettes à l'avant. Dans le noir je n'ai pas vu grand-chose. J'ai juste compris qu'à l'intérieur il n'y avait ni flic ni rien d'autre. Juste deux passants angoissés qui se demandaient comment réagir. La portière côté passager a mis un temps fou avant de s'ouvrir, et l'individu en est sorti, cauteleux et gelé de trouille.

– Remonte ! a crié une voix de femme, derrière le volant.

Mais non. L'autre n'a rien voulu entendre et s'est avancé vers Grober. Lentement. Une femme, aussi. Enveloppée dans un grand châle bariolé qui lui recouvrait la tête.

Est-ce la bouche ? les yeux ? mais j'ai tout de suite reconnu quelque chose dans ce visage. Quelque chose d'éternel.

Pour la première fois depuis que le corps de Grober gisait à terre, je me suis mis à trembler. Une espèce de bouffée de chaleur qui m'a fait frissonner tout le corps.

Elle s'est penchée vers mon pote un long moment. Elle a laissé glisser le châle sur ses épaules, comme pour se dégager la tête. C'est là qu'on n'en a pas cru nos yeux, Grober et moi.

Elle s'est agenouillée sans rien dire. Grober a réuni ses dernières forces pour se redresser un peu mieux. Elle l'a aidé en le prenant dans ses bras et en le serrant très fort.

Les yeux de Grober m'ont cherché, émerveillés. Une seconde. Pour se refermer tout à coup.

La dame l'a embrassé sur le front. Et l'a doucement fait reposer à terre.

La conductrice a remis ça, terrorisée.

– Remonte, Ursula ! J'ai peur !

Elle a remis son châle sur la tête et s'est engouffrée dans la bagnole sans même regarder vers moi. Pour disparaître, au loin, dans un embranchement d'autoroute.

Je suis resté là, longtemps, à scruter le ciel pour y chercher, au milieu des constellations, la bonne étoile de Grober. J'avais peut-être une chance sur plusieurs milliards de la trouver.

Requiem contre un plafond

J'ai laissé la télé allumée par peur du silence, pour me donner l'illusion qu'il s'agissait d'un soir comme un autre et pour couvrir les couacs absurdes venant du plafond. Un instant, j'ai hésité à enclencher une feuille dans le chariot de la vieille Olivetti, mais l'écriture manuscrite s'est finalement imposée d'elle-même. Je n'ai pas le droit de laisser à ceux qui m'ont aimé des petits éclats de frappe mal alignés, froids et puant la circulaire. D'autant qu'il me manque le *n,* et je vais avoir besoin du *n.* Ceux qui vont me lire méritent mes derniers coups de griffe, mon cœur qui se dessinera peut-être dans les déliés, mon incertitude, mon désir d'absolu, et seuls les tremblements de la main ont une chance de mêler l'incertitude et l'absolu.

J'ai fouillé dans le tiroir pour, en fin de compte, n'y trouver qu'un feutre vert. Pointe fine. Je ne peux pas leur faire ça. J'ai dû mettre à sac l'appartement, retourner toutes mes poches et renverser les tiroirs de la cuisine. Une mine de plomb sur le bloc-notes des courses ? Ce serait insultant, un crayon noir, gras, qui n'attend qu'un coup de gomme, comme si ma vie pouvait s'effacer sous la traînée du premier index venu.

J'ai besoin de graver.

J'ai éteint la télé, l'immonde générique de l'émission n'était pas digne d'un tel moment. En renversant tout sur mon passage, j'ai eu la bonne idée de rendre hommage à l'instant présent, à son éternité. Par manque d'imagination j'ai choisi le *Requiem* de Mozart. Qu'importe. J'ai tous les pouvoirs, ce soir, même celui de me laisser aller à un poncif.

Le *Dies irae* a lentement investi la pièce.

Enfin, dans un des cartons du débarras, un vieux stylo à plume, sec, encre bleue, fin de cartouche. J'ai humecté la pointe, fait des essais sur une feuille froissée, ça accroche, mais ça revient, lentement, ça ira, je vais pouvoir dire.

Un brouillon, d'abord. Je n'ai pas droit aux ratures. Aide-moi, Mozart.

J'ai envie de vous dire que la vie est ailleurs. Mais d'autres l'ont fait avant moi. Personne n'y est pour rien. Je n'aimerais pas que le premier venu puisse s'approprier ma mort. Le monde ne m'a rien fait, il m'a juste déçu. Je ne veux personne à mon enterrement. Que mes amis boivent en mon honneur, que les autres se réjouissent, je vous ai aimés, mais je vous laisse dans votre cloaque.

Tiens... ? Du violoncelle... ? Aussi étrange que ça puisse paraître, ce bruit hideux qui me vient de l'appartement du dessus a été arraché à un violoncelle. Je comprends mieux cette bizarre rencontre, cet après-midi, dans l'escalier, une forme oblongue dans une housse en cuir. Le voisin ne m'a même pas dit bonjour. C'était un violoncelle. Je lui souhaite bien du courage, au voisin. Commencer le violoncelle à cet âge-là... Ça fait drôle de penser que les gens ont encore des perspectives, en ce bas monde. C'est ce qu'il m'aurait sans doute fallu, une utopie. Un challenge.

Je relis mon premier jet. J'aime bien le *Je vous laisse dans votre cloaque,* mais ce n'est pas de moi. C'est la phrase posthume de George Sanders, juste avant qu'il ne se fasse sauter le caisson. Manquerait plus que je passe pour un plagiaire, ça serait trop bête.

Au lieu de laisser les boulettes dans la corbeille, je les ai brûlées et fait disparaître d'un coup de chasse d'eau. Le revolver, bien en évidence, sur la table basse, va m'inspirer, me donner courage. Aide-moi, revolver.

Que ceux qui boiront à l'annonce de ma mort aillent jusqu'à l'ivresse. Les autres ne manqueront pas de me pleurer, et je maudis déjà, outre-tombe, tous ceux qui oseront trouver des larmes.

Ouais...

Pourquoi pas.

Je ne vois pas pourquoi j'insiste autant sur la boisson. Et pourquoi tant d'agressivité, après tout. Tout ça n'explique pas mon geste. Ai-je besoin de l'expliquer, du reste ?

J'essaie mieux.

Comprenez-moi. Je souffre, qui saura jamais pourquoi ? Je pourrais me dire que la vie n'est qu'un tour de manège, une farce drôle et grotesque qui défile trop vite, mais je n'y arrive pas. Je me suicide parce que je n'ai plus le choix, comme on va chez le dentiste quand la rage de dents n'est plus supportable. Je vous ai aimés, vous, ceux qui allez me lire. Personne ne m'a fait du tort, mais je n'ai jamais su demander de l'aide. Je viens de passer la quarantaine, je me suis toujours ennuyé, même étant enfant, et s'ennuyer dans la décrépitude physique me fait peur. Le seul souvenir de...

J'ai l'impression qu'on joue de l'archet sur ma moelle épinière... Attaquer le violoncelle à cet âge-là... Quelle prétention... ! Quelle connerie... ! Voilà bien ce qui m'a fait haïr l'espèce humaine. Ce salaud du dessus ne se doute pas une traître seconde du moment que je suis en train de vivre. Le dernier, tout simplement. Ses grincements de scie me déchirent les nerfs un à un, on dirait qu'il le fait exprès. Il parvient même à couvrir et lacérer mon Mozart avec ses notes rauques et débiles. Et encore, s'il s'agissait de notes... On dirait une roulette de dentiste dans les rouages d'un vieux réveil.

Je me lève d'un bond, tourne en rond, donne un coup de pied dans une chaise. En essayant de reprendre la plume, je l'ai vue s'écraser et trouer le papier à l'instant même où il a attaqué une espèce de pizzicato affreux. J'ai dû brûler la feuille, mais ça ne m'a pas calmé, au contraire. Il faut que je recommence tout !

Méprisables petits êtres rampants ! J'ai fait mon deuil de toute idée d'harmonie à vos côtés, et surtout ne prenez pas le mien, il n'y a rien de tel qu'un bon cadavre laissé derrière soi pour relativiser ses petits malheurs. Si vous saviez à quel point j'ai envie de hurler !

Et je hurle, la gueule en l'air ! Le *Confutatis maledictis* n'est plus qu'un bruit de fond, mais l'autre crétin, là-haut, y va de plus belle, comme s'il jouait couché, la caisse de résonance contre le plancher. Je saisis un balai et frappe plusieurs coups rageurs.

– Vous allez arrêter, ordure ! Vous êtes indigne de toucher aux plus beaux sons du monde ! Vous vous prenez pour qui ? Vous n'allez créer que malheur et confusion autour de vous ! Il vous faudra dix ans avant d'avoir un son correct ! Dix ans ! Et vous êtes déjà vieux, un grabataire prétentieux ! Vous crèverez bien avant de savoir le prendre entre vos jambes croulantes ! Dix ans ! Personne n'a mérité une peine aussi lourde !

Je respire un grand coup.

Il ne cesse pas. M'a-t-il seulement entendu ? J'augmente le volume de la sono.

Mozart me rappelle à l'ordre. L'éternité m'illumine. C'est beau. Je dois faire abstraction des nuisances humaines, ce soir plus que tous les autres. Quel misérable artefact pourrait me détourner de cette délivrance, à portée de main ?

Si vous saviez à quel point je me sens serein... J'éprouve une sorte de...

Mais pourquoi n'a-t-il pas pris un seul cours ? Rien qu'un. Un tout petit effort d'humilité. Il aurait choisi le piano, encore... Avec un piano on peut s'amuser une heure ou deux, c'est compréhensible, c'est humain. Mais le violoncelle... C'est comme la foi en Dieu. C'est inhibant ! On doit prononcer des vœux avant de toucher à un tel instrument. Au lieu de ça, il ne doute de rien, il taille à la serpe, et vas-y qu'il embroche et qu'il fourrage dans son machin, comme pour saigner un porc !

La vie m'a résigné. Je n'ai pas su désarmer le bourreau et panser la victime. Je n'ai pas...

C'en est trop...

Une idée horrible vient de me traverser l'esprit.

Ce n'est pas vrai, ce n'est pas possible, il n'a pas osé...

Ces grésillements infâmes... Ces plaintes distordues... Ce ne sont pas des gammes. Ni de vagues essais laborieux...

C'est la *Suite n° 3* pour violoncelle de Bach...

Je dois me tromper. Sûrement.

Pablo Casals lui-même considérait ce morceau comme l'aboutissement de décennies d'effort ! De toute une carrière !

J'ai bien peur... d'avoir vu juste.

Rien ne correspond, mais tout y est.

J'ai honte d'avoir reconnu Bach dans cette torture, il n'a pas osé, il n'a pas...

J'ai saisi le revolver d'une main et le stylo de l'autre.

Personne ne saura jusqu'où j'ai porté ma croix. On m'a volé mes dernières secondes. C'est peut-être justice. Face à ce maelström, je ne peux que me dérober.

J'approche l'arme de ma tempe. Ferme les yeux. Réfléchis un instant.

Non, impossible.

J'allais faire une monstrueuse bêtise. J'imagine le fait divers, demain, dans la presse locale : « Ne supportant pas le violoncelle de son voisin, il se tire une balle dans la tempe. »

Jamais ! Jamais ! Mon geste est beau, mon geste est courageux ! Je ne veux pas que ce salopard de voisin puisse penser qu'il y est pour quelque chose ! On se suicide juste après un récital de la

Callas ! Un unique concert de Glenn Gould ! Mais là... Ces vagues embrochages idiots... ! On se foutrait de moi bien longtemps après ma putréfaction.

Rester calme, rester calme, ne rien brusquer, il doit bien y avoir une issue avant l'issue, je suis perdu, je n'ai même plus le droit de me flinguer, je...

Je meurs, et le violoncelle du voisin n'y est pour rien.

Imbécile, imbécile, voilà que j'écris n'importe quoi ! Quelle épitaphe absurde ! Je le hais, ce salopard. Je...

Je vais le tuer.

Bien sûr, évident, lumineux.

La voilà, l'idée... !

Avant de mourir, je vais libérer l'humanité d'une de ses plus immondes scories ! Je n'ai plus rien à perdre. J'ai enfin trouvé un aboutissement à mon existence. Rendez-moi hommage. Je pars heureux.

Tout va se passer très vite, le flingue au fond de la poche, il va ouvrir, je lui dis : « T'as choisi le mauvais soir, c'était Bach ou toi », il me regarde, ébahi, l'archet en main, il balbutie, je tire, il s'écroule. Une porte s'ouvre, un cri déchire le silence, je porte le canon à ma tempe et adieu.

Ce serait bien...

Peut-être.

Ce serait surtout lâche.

Petit.

Et ça me ressemblerait bien, tiens. Ça me ressemblerait trop. Un coup de feu et le problème est réglé. Un constat d'échec parmi tant d'autres.

Un minable aveu d'impuissance.

J'ai honte.

J'ai bu plusieurs scotchs à la suite pour lutter contre l'implosion. Écartelé de l'intérieur, comme un rat de laboratoire qui ne sait plus s'il doit fuir ou affronter. Le salaud d'en haut a décidé d'aller jusqu'à la limite de l'heure légale pour profiter de sa vilenie. Autant dire encore une bonne heure à bafouer ouvertement mes derniers instants. Je serai mort, demain, et personne ne saura plus le faire taire. Il jouera. Il étripera tout le répertoire. Et j'aurais tant aimé anéantir ce sombre dessein, avant de partir.

Au moment même où je touchais le fond de la résignation, un petit rire nerveux a vibré dans le fond de ma gorge.

Archimède a dû pousser le même, avant de lancer son *eurêka*. Ulysse aussi, quand lui est venue l'idée du cheval de Troie. Ou Colomb saisissant son œuf.

Je m'en serais presque réconcilié avec la vie.

Mes mains ont cessé de trembler quand j'ai soulevé le couvercle de la platine et tourné le volume à fond. J'y ai posé le disque. Le plus lentement du monde j'ai poussé le levier du bras de lecture, le diamant a épousé le sillon sans le moindre craquement, et une onde merveilleuse a déferlé dans mon appartement, traversant les murs pour se répandre dans tout l'immeuble.

Suite nº 3 pour violoncelle, de Bach, par Rostropovitch.

Le quartier entier va connaître la vérité, enfin. Je le retrouve, cet instant divin, tel qu'il a été écrit. La foi en Dieu, le don de soi, le sacrifice au nom de la beauté, l'humilité. Tout. Les larmes me viennent, le céleste reprend ses droits et va éradiquer à jamais toute médiocrité, pour s'élever, très haut.

Silence.

Le morceau terminé, je dresse l'oreille pour m'assurer que le vacarme du haut a cessé net.

Rien.

Le silence de la honte. La pureté du virtuose a réussi l'impossible : faire taire le tortionnaire.

Victoire ! Humiliation de l'adversaire qui réalise brutalement qu'il ne sera jamais qu'un écorcheur, que la perfection lui sera interdite à vie. J'ai bu jusqu'à l'ivresse, gonflé de bonheur, la fièvre aux tempes.

Ma vue est trouble, le revolver n'est plus qu'une forme tremblotante dans l'obscurité. Je serais bien incapable d'écrire le moindre mot. Qu'importe, je mourrai demain, ce soir je vais tituber, heureux, et sombrer dans un doux sommeil peuplé de songes pleins de vie et de joie.

Demain, le réveil sera rude. Un de ces sales petits matins qui m'ont conduit jusque-là, mais quelle importance. Il sera bien temps d'en finir.

***

Son pas, derrière la porte. Il va ouvrir... visage cousu de cuir... il l'a accrochée au croc de boucher, non ! *« Pas ça ! Pas la tronçonneuse ! Pas ça ! N'approchez pas ! N'approchez pas... ! »*

J'ai hurlé dans mon lit en me dressant d'un bond.

Tout allait si bien, j'étais avec elle...

Je me frotte les yeux, mon dos est glacé de sueur, mon front ruisselle. J'étais avec elle, au bord du lac, près du chalet... Sur le point de l'embrasser... Il est quelle heure... ? Huit heures... Huit heures pile... J'ai mal à la tête... Nous allions nous aimer... *Leatherface* est arrivé, il l'a découpée en tranches avec sa tronçonneuse, un bruit d'horreur, ensuite il m'a poursuivi, tout allait si bien...

Ma tête va exploser. Il a fallu que je m'allonge à nouveau pour réaliser que le cauchemar tenait bon, lentement égrené par les stridulations du plafond. Qu'il m'habitait, désormais, comme une gangrène qui grignote les neurones. 8 h 03. Je porte les mains à mes tempes. Et comprends tout.

Le voisin a lentement maturé sa vengeance. Toute la nuit, il a attendu l'heure légale pour me replonger dans l'horreur. Le salaud... J'ai voulu savoir quel morceau il avait décidé d'assassiner. Ça ne ressemble pas à un morceau, du reste, on dirait des grincements de portes, allez savoir, le même grincement de porte *ad libitum,* la même note, saccadée, étranglée, une obsession, j'ai hurlé pour qu'il cesse, sans attendre une telle clémence de sa part.

J'ai paré au plus pressé, quelques aspirines, des boules Quiès, absolument inefficaces, j'ai rajouté un bandeau qui me serre la tête et vient couvrir les oreilles. J'ai le crâne en feu, dans la boîte à pharmacie je trouve des anxiolytiques, j'en avale trois, retourne sous l'oreiller, tout ça ne va servir à rien, je le connais, moi, le seul remède.

Il m'attend depuis hier dans le barillet du revolver.

Mais il est trop tard.

***

– Est-ce que vous pourriez me le chanter ?

– Impossible de chanter ça, je pourrais à peine le siffler.

– Essayez.

Monsieur Armand, le patron de chez *Opus,* le plus grand choix de disques classiques de la ville, a tenu à intervenir lui-même pour relever le défi, là où ses vendeurs avaient tous échoué. Certains m'ont pris pour un malade mental pendant que je sifflais cette note stridente, toujours la même, suivie d'un *la,* plus long, puis une nouvelle série interminable de *do.* Bizarrement, le patron n'a pas laissé paraître le moindre signe d'inquiétude. Un petit attroupement de mélomanes s'est formé autour de nous.

– C'est sûrement de la musique contemporaine, dit Armand. Ça me ferait penser à *Variations pour une porte et un soupir* de Pierre Henry. Ça n'est absolument pas fait pour le violoncelle, m'enfin, écoutez toujours...

Le son qui nous arrive des enceintes me fait penser à un insecte géant dont la patte gratte un immense parquet ciré. Le contemporain est un domaine que je connais fort mal, mais qui chaque fois déclenche chez moi des images surréalistes. Un des auditeurs a dit que ça lui rappelait exactement le crépitement de son autoradio dans un tunnel. Un autre a penché pour un sonar de sous-marin pénétrant dans le continuum universel jusqu'à épuisement des piles. Après plusieurs minutes de concentration, j'ai dit :

– Non, définitivement non, votre truc est cent fois plus mélodieux que la chose dont je vous parle.

– Écoutez, toute modestie mise à part, je me targue d'avoir en magasin tout ce qui a été édité dans le classique et le contemporain, même le glauque et l'obscur. C'est moi qu'on vient voir pour les raretés, demandez à mes clients, et si votre morceau existe vraiment, si vous me le sifflez correctement, je l'ai forcément en stock. Vous êtes sûr que c'est du violoncelle ?

– Hélas.

Des noms de compositeurs ont fusé de partout, Krüpka, Ballif, Berio, Varèse, Messiaen, Ligetti, Eno, Schnittke, Luigi Nono, et bien d'autres, tous inconnus de moi. Le patron, vrai pro, en écartait la plupart, en essayait certains. Mon ordure de voisin était sur le point de marquer un point décisif...

Brillante idée, en effet, que de taper dans le contemporain. Il n'a jamais entendu une note de musique contemporaine chez moi, rien que du classique, rien qui ne dépasse 1910, j'étais une proie facile. Il a réussi à rendre le calvaire plus insupportable encore. Tous les coups sont permis, même les plus bas. Je l'imagine, ourdissant son complot, cette nuit : « Bach, O.K., fini pour moi... Mais celui-là... Regarde si tu l'as dans ta discothèque... »

– SCELSI, nom de Dieu !

Monsieur Armand a hurlé comme je l'avais fait la veille. Avec la même fébrilité, il a posé le disque sur la platine.

– Scelsi, évidemment... écoutez ça, je me demande comment je n'y ai pas pensé tout de suite.

J'avais beau déjà détester le morceau, il m'est brusquement apparu dans son énoncé le plus impeccable, une sorte d'évidence qui a jailli au moment où je ne m'y attendais plus. Une impression de redécouvrir une vieille connaissance, vingt ans plus tard, et de lui donner un nom malgré les rides et l'oubli. Au même titre que Bach, il y avait dans ce morceau tout ce que le voisin éreintait impunément, et j'entendais, enfin, le sens de la musique, les notes défroissées, drues et mordantes.

J'ai félicité le patron, un tonnerre d'applaudissements a suivi. Le *Concerto n° 2* de Scelsi sous le bras, je suis rentré chez moi. Qu'est-ce qui faut pas faire pour crever tranquille...

En approchant de l'immeuble, j'ai vu l'autre enfoiré me toiser de haut, les bras croisés sur son balcon. J'ai eu la sale impression qu'il m'attendait et que sa pause ne durerait plus très longtemps. Impression qui s'est confirmée au moment précis où ma clé a tourné dans la serrure. Il a voulu me cueillir à froid et porter un coup fatal. C'était sans compter l'atout qui me restait dans la manche.

Le morceau a duré exactement onze minutes. Si on dit que le silence qui suit du Mozart, c'est aussi du Mozart, il est fort possible qu'il en soit de même pour Scelsi. Parce que, juste après la fin du morceau, j'ai attendu le silence du plafond, et n'ai eu qu'une merveilleuse suite de bris de verre et de vaisselle éclatée au sol, des hurlements de rage et des meubles renversés.

Il est tard. Il fait bon. Je ne boirai pas, ce soir. La vie n'est pas si laide. Cette nuit, je vais m'asseoir sur le balcon et fumer quelques cigarettes en regardant les étoiles sur la ville.

Le lendemain et les trois jours qui ont suivi n'ont été que silence. Une sorte de paix morose. Le plaisir de la victoire écrasante s'est vite émoussé. Le bonheur est fugace. J'ai repris le stylo à plume pour libeller mes anathèmes d'outre-tombe. Après plusieurs tentatives, j'ai obtenu :

« Béni soit celui qui épargne ces pierres, et maudit celui qui dérange mes os. » C'est ce que vous écrirez sur ma pierre tombale. C'est l'épitaphe de Shakespeare ? Je sais, et alors ? Qui osera me...

Je le savais !

J'en étais sûr ! Ce n'était qu'une courte trêve avant la reprise des hostilités. Il est 17 h 20. Pourquoi a-t-il remis ça juste à 17 h 20 ? Pourquoi m'a-t-il fait attendre ? Vendredi 26 juillet, soit trois jours après sa crise de rage ! Et qu'est-ce qu'il a choisi, cette fois, pour me clouer le bec, hein ?

Évidemment, ça ne ressemble à rien de connu, il a mis trois jours à le trouver, ce morceau, il a dû taper dans la sonate du plus obscur des tâcherons, la perle des incunables. Mais je l'aurai, le salaud ! Il brûle sa dernière cartouche !

21 h 55. Ça vient de s'arrêter. À force de patience et d'écoute scrupuleuse, j'ai réussi à isoler le début et la fin du morceau. Durant la dernière heure je suis parvenu à dénombrer six phrases musicales en tout et pour tout. L'ensemble dure un peu moins de quatre minutes. Il ne semble pas y avoir de difficultés majeures, peut-être un enchaînement un peu ardu qui m'a fait penser à du Debussy transcrit pour violoncelle. Avec pourtant la certitude que Debussy n'a jamais écrit, même en culotte courte, un ramassis de conneries pareilles. Le résultat est là : l'écorcheur a choisi un morceau de musique contemporaine, dissonant mais d'exécution apparemment simple dont le débutant peut s'acquitter avec une relative médiocrité, ce qui est déjà un énorme progrès comparé à une *Suite* de Bach. Si je n'enraye pas tout de suite cette gangrène, il aura gagné à tout jamais. Et pour l'éternité.

Mardi 30 juillet, 16 h 25. Je décapsule une bière glacée et la tend à monsieur Armand. Pour faire mine de l'accompagner, je prends mon tranxène de fin d'après-midi avec un grand verre d'eau.

– Franchement, je ne vois pas.

Assis dans un fauteuil, les bras croisés, cela fait deux bonnes heures qu'il écoute le plafond. Hier encore, dans son magasin, nous sommes restés sur un échec. Je n'ai pas osé lui demander de venir chez moi ; c'est lui qui, en désespoir de cause, me l'a proposé.

– Je dirais que nous avons là une espèce de bluette qui s'essaie au *crescendo* lyrique avec une étrange suite d'accords dodécaphoniques. Complexe...

– Il n'aurait pas été capable de fouiller dans le folklore d'un pays rayé de la carte ? Ou une comptine enfantine d'une région sans enfants ?

– Sûrement, ni l'un ni l'autre. Ce morceau a quelque chose de tordu, voyez. On sent que c'est écrit, que ce n'est pas n'importe quoi. Il y a quelque chose de construit, mais en même temps de terriblement naïf, ça se devine dans l'unique difficulté de l'ensemble, vous entendez... là... il y vient... écoutez ces trois notes qu'il s'échine à fondre... Encore raté... Je ne sais pas s'il y parviendra un jour... et pourtant on sent qu'il y a du cœur, de la rudesse, aussi, et qu'à la longue, on pourrait tirer un certain plaisir à l'écoute de ce petit *scherzo*.

– Qu'est-ce que vous essayez de me dire ?

– J'aurais aimé vous cacher la réalité plus longtemps, mais... Je suis au regret de vous dire que votre voisin ne se contente pas seulement de jouer ce morceau. Il l'a aussi composé. J'en suis parfaitement sûr. Il est allé plus loin que vous n'irez jamais. Il vous a mis échec et mat. Et le pire, c'est qu'il est l'exécutant le plus lamentable du monde, mais, et j'ai peine à le dire, il est peut-être aussi un excellent compositeur. Vous l'avez sans doute révélé... Il vous doit peut-être un beau début de carrière.

Vendredi 2 août, 10 h 08. Je n'aurais pas dû mélanger alcool et tranxène, si tôt le matin. Ai vomi le tout. Ai rampé jusqu'à mon lit où un cendrier dégueulant de mégots s'est renversé sur moi. On a sonné à la porte ; en me voyant dans un tel état, des vendeurs d'images pieuses m'en ont donné une, gratis. Je me suis résolu à tuer le voisin, je sais, c'est mesquin, il a gagné, mais je vais le buter.

Il y a moins d'une semaine, je me suis rendu compte combien la vie pouvait être douce. Je m'amusais à faire des phrases que je voulais éternelles, je me baignais de solennel, je jouais, heureux, avec l'éternité. Désormais, je vais mourir comme un vieux clochard qui ne supporte plus l'hiver, sans épitaphe, spolié de toute éthique.

La gangrène a gagné les membres, je ne bouge pratiquement plus du lit. Forcé d'écouter le plafond. Mon bourreau s'est senti pousser des ailes, son morceau s'envole désormais, il s'en acquitte de mieux en mieux, il l'a même étoffé et ça dure désormais un bon quart d'heure. Je vais devoir crever avant qu'il n'en fasse une symphonie. Ou pire, un requiem pour violoncelle seul. Mon requiem, celui qui accompagnera mon cadavre, le jour où les pompes funèbres viendront me chercher. Et pourtant, j'ai encore la certitude qu'il reste quelque chose à tenter. Mais quoi ?

Après de longues heures d'hésitation, j'ai saisi la feuille blanche et le stylo.

Cher Monsieur Rostropovitch,

Je suis un naufragé qui lance une dernière bouteille à la mer. Vous êtes un homme particulièrement sollicité, votre temps est précieux et jamais je n'aurais osé vous envoyer cette lettre s'il n'était question de vie ou de mort. Je dirais même de mort ou de mort, car je sais désormais qu'il y en a bien deux différentes, et c'est la plus haïssable qui s'offre à moi. Je vais mourir dans la déchéance quand, il y a quelques jours à peine, j'allais le faire en paix. Au fil de ces lignes vous pensez avoir affaire à un fou. C'est donc un fou qui vous lance un S.O.S. avant de quitter ce bas monde. Je n'espère qu'un signe, un conseil, quelques mots pour m'accompagner dans ce grand voyage qui m'attend.

Juste un signe.

Merci.

Samedi 24 août, 13 h. Mon bourreau ne m'accorde plus que trois heures de répit dans une journée entière.

Pourquoi ai-je tant voulu mourir ? Me souviens plus très bien. Des raisons imbéciles, sans doute. J'ai attendu un signe. Un mot aurait suffi. Un petit billet griffonné entre deux avions, d'une tournée à l'autre. Je serais parti heureux.

Aujourd'hui, la pause a été moins longue que d'habitude, mon requiem retentit à nouveau et m'invite à la grande cérémonie d'adieu. Pour la millième et dernière fois, je fais tourner le barillet.

Un son... ? Inconnu... Une nouvelle note à mon requiem ? Une note bizarre. J'ai beau être abruti et ivre de douleur, j'ai le sentiment que ce n'est pas du violoncelle... Qu'est-ce qu'il a encore inventé, le chien... ? Ça revient, deux, trois, quatre fois.

Ce n'est que la sonnette de mon appartement. En titubant je parviens jusqu'à la porte, j'ouvre.

Je suis resté un bon moment, hébété, le corps chancelant dans la porte entrebâillée. Je ne l'ai pas reconnu tout de suite. Des lunettes, un costume sombre. Petite taille. Crâne chauve. Grave, il me tend la main.

– Mstislav Rostropovitch.

Je lui suis tombé dans les bras, pour pleurer, pleurer, jusqu'à ce qu'il me demande d'entrer.

Lundi 26 août, 11 h 50. Ce matin, pour la première fois depuis bien longtemps, je me suis rasé. Il s'est levé tard, je lui ai préparé un café qu'il a siroté sur la table de la cuisine pendant que je refaisais le canapé-lit du salon. Nous parlons peu, il reste des heures plongé dans la partition qu'il rature, griffonne, déchire et reprend sans relâche. Il aime le thé et les repas légers. Il téléphone à New York deux ou trois fois par jour. Il parle rarement russe, son anglais est compréhensible, j'ai cru saisir qu'il avait rendez-vous à Londres pour un enregistrement le 2 septembre. Le voir travailler sa transcription me passionne, de temps en temps il entend une suite de notes qui l'enchante comme s'il découvrait quelque chose d'essentiel dans le morceau qu'il connaît par cœur. Parfois il chantonne. Parfois il sourit quand sa main balaie l'air pour décrire la mélodie. Notre étrange cohabitation n'encourage ni les parlotes ni les confidences. Il dort beaucoup et ne s'adresse à moi que s'il en a vraiment besoin.

Après le café, il a remballé ses partitions dans un dossier et s'est habillé pour sortir. En me donnant rendez-vous pour demain soir, 20 heures.

J'avais préparé un dîner fin, mais il n'a rien voulu de tout ça, il a juste dit qu'il était pressé.

Tout s'est passé très vite, il s'est installé au mieux sur un tabouret pour accueillir son violoncelle et a saisi son archet. Pendant qu'il s'échauffait, le bruit venu du plafond a cessé.

Et Rostropovich a joué. Seize minutes.

Seize minutes où il n'était plus question de beauté ni d'aventure. Non. Seize minutes de révélation, de luminosité d'écoute, d'évidence retrouvée. Seize minutes tirées au cordeau, propres, nettoyées de toute scorie. Seize minutes d'une virginité absolue, où le sens émerge, où l'âme des notes vous enveloppe enfin. Toutes choses qui ont échappé à son créateur, à mille lieux d'imaginer que son morceau avait une chance d'aboutir à l'unité et à la cohérence. Cette infâme litanie qui m'a hanté des semaines durant avait enfin trouvé un réglage idéal, et Rostropovitch, tout en respectant parfaitement la partition, avait réussi à en atténuer les lourdeurs et à en exalter les fulgurances.

Il a vite rangé son instrument dans la housse et m'a serré la main. Il a dit quelque chose en russe qui ne m'était pas adressé. Sur son visage, j'ai lu un doute. Peut-être un regret.

Le silence qui a suivi son départ ne m'a procuré aucune joie particulière. Le plafond s'était tu. C'est tout.

Quelques jours plus tard, dans la presse locale, j'ai lu qu'on avait retrouvé le corps d'un homme dans sa baignoire, exsangue. Tout le monde en a parlé dans l'immeuble. J'ai trouvé ça dommage. Mourir pour si peu.

NOTICE BIBLIOGRAPHIQUE

Les nouvelles suivantes ont déjà été publiées : « La foire au crime » dans *Noir de femme,* éditions Gallimard, 1992 ; « Le Jardin des mauvais garçons » dans *Saignant ou beurre noir ?* éditions de l'instant même, 1992 ; « Pizza d'Italie » dans *Place d'Italie,* éditions Presses Pocket, 1992 ; « Le balcon de Roméo » dans *Ombres blanches,* éditions Syros et C.A.U.E. 17, 1992 ; « Cluedo privé » par les éditions Beauty Palace Production, 1991 ; « La nature est conne ! » dans *Caïn,* association Polar, 1992 ; « Deux héros et l'infini » dans *Polar,* n° 5, éditions Rivages, 1992 ; « Suite logique » dans *Nouvelles nuits,* n° 6, 1992 ; « La culture de l'elæis au Congo belge » dans *Le Salon du livre,* éditions Presses Pocket, 1993 ; « Père courage » dans *Voir,* Québec, 1993.

Table

Rivages / noir
Dernières parutions

Petits Romans noirs irlandais (nº 505)
Sherlock Holmes dans tous ses états (nº 664)

Eric Ambler	*Au loin le danger* (nº 622)
	Je ne suis pas un héros (nº 661)
	Le Masque de Dimitrios (nº 680)
Claude Amoz	*Bois-Brûlé* (nº 423)
	Étoiles cannibales (nº 487)
	Racines amères (nº 629)
Paul Argemi	*Le Gros, le Français et la Souris* (nº 579)
	Les morts perdent toujours leurs chaussures (nº 640)
Olivier Arnaud	*L'Homme qui voulait parler au monde* (nº 547)
Ace Atkins	*Blues Bar* (nº 690)
Cesare Battisti	*Terres brûlées* (nº 477)
	Avenida Revolución (nº 522)
William Bayer	*Tarot* (nº 534)
	Le Rêve des chevaux brisés (nº 619)
	Pèlerin (nº 659)
	La Ville des couteaux (nº 702)
Marc Behm/Paco Ignacio Taibo II	*Hurler à la lune* (nº 457)
A.-H. Benotman	*Les Forcenés* (nº 362)
	Les Poteaux de torture (nº 615)
	Marche de nuit sans lune (nº 676)
Joseph Bialot	*La Ménagerie* (nº 635)
James C. Blake	*L'Homme aux pistolets* (nº 432)
	Les Amis de Pancho Villa (nº 569)
	Crépuscule sanglant (nº 637)

J.-P. Demure	*Noir Rivage* (n° 429)
	La Culotte de la mort (n° 682)
J.-C. Derey	*Toubab or not toubab* (n° 379)
	L'Alpha et l'Oméga (n° 469)
Pascal Dessaint	*Une pieuvre dans la tête* (n° 363)
	On y va tout droit (n° 382)
	Les Paupières de Lou (n° 493)
	Mourir n'est peut-être pas la pire des choses (n° 540)
	Les hommes sont courageux (n° 597)
	Loin des humains (n° 639)
Peter Dickinson	*L'Oracle empoisonné* (n° 519)
	Quelques Morts avant de mourir (n° 537)
Tim Dorsey	*Florida Roadkill* (n° 476)
James Ellroy	*Le Dahlia noir* (n° 100)
	Crimes en série (n° 388)
	American Death Trip (n° 489)
	Destination morgue (n° 595)
	Revue POLAR spécial Ellroy (n° 662)
	Moisson noire (n° 668)
V. Evangelisti	*Anthracite* (n° 671)
Howard Fast	*Un homme brisé* (n° 523)
	Mémoires d'un rouge (n° 543)
François Forestier	*Rue des rats* (n° 624)
Kinky Friedman	*Le Chant d'amour de J. Edgar Hoover* (n° 507)
	Passé imparfait (n° 644)
B. Garlaschelli	*Alice dans l'ombre* (n° 532)
	Deux Sœurs (n° 633)
Doris Gercke	*Aubergiste, tu seras pendu* (n° 525)
A. Gimenez Bartlett	*Les Messagers de la nuit* (n° 458)
	Meurtres sur papier (n° 541)
	Des serpents au paradis (n° 636)
Joe Gores	*Privé* (n° 667)
James Grady	*Comme une flamme blanche* (n° 445)
	La Ville des ombres (n° 553)
	Les Six Jours du condor (n° 641)
Davis Grubb	*Personne ne regarde* (n° 627)
Wolf Haas	*Silentium !* (n° 509)
	Quitter Zell (n° 645)

Joseph Hansen	*Le Poids du monde* (n° 611)
	À fleur de peau (n° 631)
	Promesses non tenues (n° 681)
Cyril Hare	*Meurtre à l'anglaise* (n° 544)
	Quand souffle le vent (n° 686)
John Harvey	*Eau dormante* (n° 479)
	Couleur franche (n° 511)
	Now's the Time (n° 526)
	Derniers Sacrements (n° 527)
	Bleu noir (n° 570)
	De chair et de sang (n° 652)
	De cendre et d'os (n° 689)
M. Haskell Smith	*À bras raccourci* (n° 508)
Tony Hillerman	*Le Premier Aigle* (n° 404)
	Blaireau se cache (n° 442)
	Le Peuple des ténèbres (n° 506)
	Le Vent qui gémit (n° 600)
	Rares furent les déceptions (n° 605)
	Le Cochon sinistre (n° 651)
	L'Homme squelette (n° 679)
Craig Holden	*La Rivière du Chagrin* (n° 685)
	Les Quatre Coins de la nuit (n° 447)
Rupert Homes	*La Vérité du mensonge* (n° 699)
Philippe Huet	*L'Inconnue d'Antoine* (n° 577)
Fergus Hume	*Le Mystère du Hansom Cab* (n° 594)
Eugene Izzi	*Chicago en flammes* (n° 441)
	Le Criminaliste (n° 456)
Bill James	*Raid sur la ville* (n° 440)
	Le Cortège du souvenir (n° 472)
	Protection (n° 517)
	Franc-Jeu (n° 583)
	Sans états d'âme (n° 655)
	Mal à la tête (n° 684)
Hervé Jaouen	*Les Moulins de Yalikavak* (n° 617)
Stuart Kaminsky	*Il est minuit, Charlie Chaplin* (n° 451)
	Biscotti à Sarasotta (n° 642)
Thomas Kelly	*Le Ventre de New York* (n° 396)
Helen Knode	*Terminus Hollywood* (n° 576)
Jake Lamar	*Le Caméléon noir* (n° 460)
Michael Larsen	*Le Serpent de Sydney* (n° 455)
	Le Cinquième Soleil (n° 565)
Hervé Le Corre	*L'Homme aux lèvres de saphir* (n° 531)